CYRANO, CONFUCIUS
ET MOI

西哈诺、孔子与我

李春燕　著/译

上海教育出版社
SHANGHAI EDUCATIONAL
PUBLISHING HOUSE

图书在版编目（CIP）数据

西哈诺、孔子与我 / 李春燕著、译. — 上海：上海教育出版社，2024.1
（相遇）
ISBN 978-7-5720-2480-1

Ⅰ.①西… Ⅱ.①李… Ⅲ.①随笔–作品集–中国–当代 Ⅳ.①I267.1

中国国家版本馆CIP数据核字(2024)第014178号

责任编辑　李声凤
封面设计　梁依宁

相遇
西哈诺、孔子与我
李春燕　著/译

出版发行　上海教育出版社有限公司
官　　网　www.seph.com.cn
地　　址　上海市闵行区号景路159弄C座
邮　　编　201101
印　　刷　上海盛通时代印刷有限公司
开　　本　635×965　1/16　印张 16.25
字　　数　174 千字
版　　次　2024年2月第1版
印　　次　2024年2月第1次印刷
书　　号　ISBN 978-7-5720-2480-1/I·0178
定　　价　58.00 元

如发现质量问题，读者可向本社调换　电话：021-64373213

谨以此书

献给我的父母

以及那些在海外追求过梦想的人们

目　录

1　名字

"春燕。你的名字我念对了吗?"

"是的,先生。"

他发音糟糕,带着一种在我看来很有异域风情的声调。但我怎么能责怪他呢? 即使在一所像巴黎 HEC 这样的国际知名高等商学院,我们也不能要求教授们——无论他们有多高的资质——来解开普通话发音的难题。

我到法国已经一个多星期了,正在这座知名商学院里上我的第一堂课。我,来自江苏南通郊区九圩港的小小农家女,现在身处另一个曾经让我无限憧憬的国家,坐在他们的精英当中。留学法国! 这个梦想如今已经变成了现实。但在最初的惊叹之后,我很快就明白,我在这里的融入将不会是一件简单的事。对此,我还无法想象我在多大程度上是对的。但对于名字,我提前预见了困难,并且找到了解决方法。

"如果您愿意,您可以叫我朱丽叶。"

"朱丽叶? 为什么是朱丽叶?"教授惊讶地问道。

"在中国,他们有时候会这样叫我。"

"在中国会这样? 你是中国人,不是吗?"

"是的，先生。"

"那么你有两个名字吗?"

"没有。不过，如果愿意的话，我们也可以说有两个。"

但是，我为什么要加入这个讨论呢? 我真傻。这样的情形开始让大家都觉得困惑。我的脸红得就像国旗，而那位倒霉的教授似乎也找不到北了。我承认，这是有可能引起混淆的，于是我试着给出一个解释。

"在中国，与外国人打交道的中国人总是会给自己选择一个西方人名，因为西方人不太容易正确念出并记住中国人的名字。"

在北京大学的第一学年，我开始学习莫里哀的语言时，就选择了我的法文名。我们当时的法语老师根据自己的喜好，在黑板上写下一连串的法文名字。给女孩子们的选择有：尚塔尔(Chantal)、西尔维(Sylvie)、碧翠丝(Béatrice)、妮科尔(Nicole)等。那时，我并不知道这个列表颇为过时。其他同学都幸运地在我之前就获得了选择权，以至于轮到我的时候，黑板上仅剩下"妮科尔"。直到有一天，一个曾经在法国生活过的中国女士告诉我："妮科尔这个名字，用在你身上有点老气。朱丽叶(Juliette)更适合你。"我接受了她的建议，尤其是"朱丽叶"与"春燕"的发音更加接近。

"哦，好吧，我有点明白了。"教授几乎是松了一口气。"不过，坦白说，叫你朱丽叶有什么意义呢? 春燕这个名字很美。"

班上其他同学都点头以示赞同。我受宠若惊。事实上，我并不在乎别人在我的名字上所犯的发音错误。

在法国人口中，"Chūnyàn"自然而然会成为"Chunyan"，发音也变成"Chun-yanne"。这种异国情调从来没有让我不悦,而是恰恰相反。此外,Chūn 的法文发音是 chun,两者并没有什么差别。但是 yàn 的发音让情况变得更为复杂。在普通话中,字母 a 有四种声调:ā,á,ǎ,à。对于中国人来说,它们差异明显;但对于法国人来说,它们听起来完全相同,以至于让他们不知所措。幸运的是,无论我的名字是被正确还是错误地发音,让大多数法国人念出来并没有太大困难。如果我名字的拼音是 Xiang①,那么我的遭遇将没有什么可令人羡慕的。

"好吧,如果可以的话,我们从今以后就叫你春燕,"老师下结论说,"好吗?"

"好的。"

这次突发事件得到了解决。喔唷! 在这个让我成为全班关注中心而我全身都在抗拒的小插曲之后,我长长地松了一口气。

然而平静是短暂的。我那绝对好奇的教授还没有打算完全放过我。在继续点名之前,他还有最后一个谜团需要解开。

"对了,你的名字一定有含义,是不是?"

"是的。"

"什么含义?"

"意思是'春天的燕子'。"

"这非常诗意。"

这一次,没有任何反对意见。

---

① 法文中 Xiang 的发音与法文词"chiant"(非常使人厌倦和烦恼的)很接近。

2 简、珂赛特与我

我一直都很苗条。这并不是因为我不吃饭,相反,我很爱进食。在法国这个女性注重身材的国家,我与大环境融为一体。没有谁会太在意我纤细的外形。然而,每次回到老家时,我妈妈总会说我太瘦了。

这个词从我妈妈口中说出来,并没有任何贬义。在我老家那样的村庄里,瘦并不是美的代言词,这与大城市里刚好相反。在集体潜意识中,瘦被视为营养不良或工作过度的结果。我的母亲知道这一点,因此不想别人认为,她因为贫困而没有能力让孩子们好好吃饭。因为,贫困,我们确确实实曾经经历过。

南通位于江苏省,在中国的东部。这是个平原地区,长江流经此处后汇入邻近海域。从此处往南一百公里就是上海,往北一千公里就是北京。我并非在南通城里长大,而是在它的郊区九圩港。后者隶属于南通这个地级市管辖下的一个"小"城市:县级市通州。这是以中国规模定义的"小":它"只有"130 万人口。简直就是个荒漠。我们的村庄有几百名居民,属于更大的九圩港村,也是郊区到农村的过渡地带。这里被视作"鱼米之乡",冬季寒冷,夏季炎热。除了水稻之外,农民们主要种植小麦、大白菜、大豆、油菜、玉米和花生。

我出生于1979年，就在改革开放政策正式推出一个多月之后。我在这个地球上的降临并没有对村民们的日常生活造成任何干扰。毕竟，我只是一个女孩。在我小时候，在我老家，就像在中国大部分农村一样，人们认为生女孩没有生男孩那样"有价值"。家中若是新添了一个男娃娃，他将承载这个家庭对于美好生活的希冀：农田中帮忙的一双强壮臂膀，工厂里的一份好工作，甚至在最好的情况下获得的一份公职。但是，一个女孩，之后除了生孩子和给家庭增加负担之外，还能有什么用处呢？

在村医好心的监督下，妈妈在家中分娩了。我出生于中国农历新年的第二天，那时冬季即将结束，冰冻的河流看起来就像一面面巨大的镜子。对于中国人来说，新的一年首先意味着春天临近，仍在休眠中的大自然即将苏醒，以及新的丰收的承诺。那一年，春天提前来临，好几只燕子来到我家屋檐下筑巢。父亲将这个意想不到的新邻居解释为繁荣的标志，并将其引申为一种幸福的命运预兆。就这样，我的名字的选择已经注定：春燕，春天的燕子。

似乎是为了反驳这个带有美好寓意的名字，我是一个很麻烦的婴儿。一岁左右，母亲开始给我断奶，每个夜晚我都会在固定时间内哭泣：从晚上11点到午夜，再从凌晨2点到3点。我的母亲千方百计地哄我，但无济于事。我准时如闹钟，顽强如磐石，随时准备唤醒在同一个庭院内熟睡的邻居们，以表达我的不满。"碰到你家这样的小孩真让人头疼！"邻居们在我无辜眼神的注视下，带着怜悯之情对我母亲这样说道。这强调了双重的不走运：生下的是一个女孩，同时她具有完美的啼哭技术，甚至超过市场平均水平。但是他们除了连续几个月在夜间倾听我的啼哭之外别无选择。虽然我还只是一个婴儿，但我已经拥有了叛逆精神。对不起，妈妈！

我出生时，父亲是一名木匠。母亲种植院子里的菜园，也去农田干活。和其他村民一样，我的父母也饲养鸡鸭，有时候还会养几头猪或山羊，之后再卖掉。他们小时候，都经历过1959年至1961年在中国肆虐的大饥荒，以及1966年至1976年的"文化大革命"。他们是如何度过这些困难时期的？我不知道。如同许多中国人一样，我的父母拒绝在孩子面前提起这些灰暗的记忆。我们在家里不谈论这些。

我的父母都出身平平。母亲因为家庭经济拮据，没有受过小学以上的教育；她阅读和书写都很困难。相比之下，我父亲的受教育程度高于平均水平。他曾经是一个出色的男孩，对文学充满了热情——这在我们村里是罕见的——也是一位优秀的学生。他拥有进入大学深造的一切筹码。然而，"文化大革命"开始了，他的梦想破碎了。因此，他再也无法继续去高中读书。与此同时，他父亲也因病去世。那年，他只有十五岁，不得不开始养家糊口。父亲没有其他选择，只好学习木工这门手艺。他通过钻研书本和几个月的练习，自学了木工的技术和诀窍。凭借着意志和努力，他成为村子里受人尊敬的木匠，按照周边村户的需求为他们制作家具。

和我的祖父一样，我的父亲相貌英俊，有着漆黑的头发、瘦削的脸庞和结实的方下巴。他是一个相当沉默正直的人，有着强烈的责任感。我想他没有因为不能继续接受教育而沮丧太久。无论如何，他从来没有抱怨过。这种态度在我们家庭成员和众多中国人之中,处处可见。他喜欢笑,在家中或在接待来吃饭的客人时,会故意装天真来引人发笑。但是他也很容易对我和我的母亲生气,通常是因为我们没有达到他行事准则的要求。比如,他批评我们在准备去拜访朋友时,拖得太久才出门,因为他担心会因此迟到而被视为缺乏社交礼仪。他的愤怒有时候是激烈的,但转瞬即逝,很快就会被遗忘。

和父亲相比,我母亲的性格更为温和。她信佛,不似我父亲那般对宗教不感兴趣。和许多中国人一样,她非常注重人们看待她和家庭的目光。在我们的村子里,一个人的声名很快就可以建立起来,而她想给人一种完美家庭的印象。除了负责家中杂务,她还要管理田地、菜园以及家畜。我很早就帮她做饭,在田里割草用来喂山羊,或者用镰刀收割成熟的水稻。我非常珍惜这些母女间的融洽时刻。父母除了他们的不同之处,也有共同点。第一:他们高度重视劳动的价值,并且很早就将这价值传递给了我。第二:虽然他们能够通过行动和关注来表达自己的感情,但很少使用温柔的语句。

*

在我刚过完两岁生日的时候,母亲带我去参加村里为所有小孩组织的体检。"你女儿的心跳比正常速度更快。"医生宣布。父母听了很担心,取出家中不多的存款,带我去南通市一家医院检查。"这可能是先天性心脏病,也许需要手术。"医生总结道。他只用了听诊器,没有再进一步检查。

我的父母懊悔地看着彼此。他们承认没有足够的钱来治疗我。医生似乎并不感到惊讶,他试图保持乐观。"她的情况并不严重。随着年龄的增长,病情可能会自动改善。不过,你们必须通过定期检查来密切观测发展状况。"爸爸妈妈答应为此存一些钱,同时也寄希望于幸运星对我的照拂。

20世纪80年代,在中国改革开放启动后不久,经济开始起飞,但村民们仍然过着简朴的生活。当年,一根冰棍或者一块橡皮只要几毛钱,但一般人的收入也很低,村里只有一家人能够买得起电视机。附近的邻居总是匆忙聚集到他们家,观看《西游记》《济公》《红楼梦》《水浒传》《射雕英雄传》或《聊斋》等电视剧。

我们吃的食物虽然简单,但非常健康。我家自己种植的大米和蔬菜,构成了菜单的大部分。我们每年只能负担得起去菜市场买菜十几次,母亲也在那里售卖我家多余的稻米。我们一个月吃一次鱼来改善生活。它按重量出售,一斤3毛5,简直就是一笔财富。肉的价格是鱼的两倍多,超出了我们的承受能力。春节期间,我家的节日菜单包括塞满蔬菜和猪肉的包子。准备这些包子馅,再看着它们在制作完成后,被热气腾腾地放置在木板上进行冷却:这一切是我童年快乐回忆的一部分,从未离开过我。

我酷爱猪肉,这为我在村中赢得了"贪吃"的名声。在我们家里,这种奢侈的美食只在节假日或重要场合才会出现。有一天,我的姥姥和姥爷着手让人建造他们的新房屋。在施工现场,他们雇用了一名厨师为工人和家人做饭。两天之中,我不停地去骚扰他:"我要吃肉!"他厌倦了我的纠缠,最终给了我一块焯水的生肉。尝过之后,我哇哇大哭:太恶心了!在接下来的几周内,我拒绝吞下哪怕一星点肉片,无论是什么肉类。从那时起,直到今天,我只吃煮熟的肉!

在节俭的生活之外,我们还缺乏暖气和自来水。冬天,温度通常接近于或者低于零度,再加上刺骨的湿气,让我们不得不在屋内也穿着厚厚的外套,在睡觉的时候用盛着热水的玻璃瓶来加热被窝。我们的饮用水直接取自长江,当时长江还没有像今天这般被污染,它的一小段支流在我家的菜园边流淌。江水每次涨潮,都会更新一次河水,几天后水质变得清澈。我们每次会趁机将水装满一个大瓷缸,不过还需要把水烧开才能饮用。我喜欢去附近的沙滩,感受凉爽的风吹过我的脸和头发。当我在沙滩上蹦跳时,白蛤就会从沙子里冒出来;到了夜晚,这新鲜的软体动物就会来装饰我们的面条汤。

像我们这样的农民很羡慕城里人,因为他们都有"城市户口"。这可以让他们过上相对舒适的生活,向他们提供购房、使用自来水、医疗保险、退休金等方面的便利,并让他们的孩子获得更好的教育资源。而农民只有"农村户口",不能获得这些。农民的孩子若想要在城市里正式定居,考上大学并在毕业后取得城市户口几乎就是唯一的途径。得益于经济的繁荣,如今,我老家所在地区与以往截然不同:自来水人人可用,现代化建筑如雨后春笋般冒出,几乎每家农户都拥有至少一辆汽车和一台空调。医疗保险和"农村社会养老保险"制度也建立起来,尽管仍然不够完善。

不过,那时艰苦的生活条件并不妨碍我们享受各种幸福时刻。春天,我在油菜花田里捕捉蜜蜂,放入一只带孔的透明塑料瓶中,喂养它们,之后再放生。夏天,我们全家在树荫下共进午餐。用一小瓶橙汁搭配蔬菜菜肴,它是如此的新鲜美味!午饭之后,我们喜欢在躺椅上小憩,感受阵阵凉风。有时候,村里会在夜里组织放映户外电影。所有的人都带着长短不一的凳子前往观看,尽管会遭受蚊虫的各种袭击。

*

在这种辛劳的生活里,每一分钱都很重要,要喝水需要耐心准备,而治病则是一种奢侈的愿望。我的父母不希望他们的孩子将来也重复同样的人生。很快,他们就把我的教育当作重中之重。我两岁的时候,母亲开始教我数数。几周后,我已经可以数到一百了。起初,邻居们并不相信。每当某个邻居对此提出质疑时,妈妈就会自豪地要求我:"现在数数。"而我就眉开眼笑,开始数道:"一,二,三……"好像这是一个有趣的游戏。

第二年,因为妈妈没有时间照顾我,我提早上了幼儿园。其他孩子都至少比我大一岁。老师已经开始教授语文阅读和数学计算的基础知识了,但她确信我因为年龄太小而无法理解课程内容。她完全忽略了我,甚至懒得让我参加考试。我向妈妈抱怨:"为什么不让我参加考试?我什么都听得懂!"妈妈于是向老师表明想法,她完全不相信,但还是同意评估我的水平。我拿到了 100 分。这充分打消了她最后的疑虑。于是在每个学期结束时,我都会收到一张表彰最佳学生的奖状,妈妈将它们都贴在厨房的一面墙上。

六岁那年,父亲想在一个小学给我注册入学,但学校拒绝录取我。"她年龄还有点小,得等到明年",负责招生的老师说。父亲生气了,因为邻居的同龄孩子已经被录取了。他去找学校校长理论,校长最终同意让我做两次测试。我很轻松就大获全胜。然而,因为我的年龄,学校决定将我放到弱水平的二班。不过这不足以打击我的士气和决心：我的学业表现很快让我被同时任命为一班和二班的班长。

我热爱阅读和写作。语文老师经常在全班同学面前朗读我的作文。在小学里，我甚至赢得过一个全国写作比赛的奖项。七岁时，我向同学借过一本漫画书《三毛流浪记》，这本书于1935年首次出版，是最先一批给我留下深刻印象的作品之一。在中文中，"三毛"的字面意思是"三根毛"，指我们的小主人公头顶上竖着的三根头发。三毛是个街头孤儿，极度贫困，靠打零工维持生计：捡烟头、擦鞋、卖报纸……在流浪途中，他遇到了其他有困难的孩子。他们互相帮助，克服生活的考验。三毛的冒险经历让我开心，但最重要的是，这在我心中产生了强烈的共鸣：尽管他贫穷孤独，但他表现出了勇气、诚实、机智，尤其，他在逆境中保持着无限的乐观。我会一直记得这些。

没有近距离关注我学业的父亲，有一天晚上发现我在读三毛的故事。

"你喜欢这个故事吗？"

"是的，爸爸。"

"你没有必要向别人借：我的书橱里有这本漫画书。"

他的书橱？哪个书橱？父亲带我到他卧室的一个角落里。放在书架上的，全部都是书。小说、漫画、杂志。到处都是。成堆的书。我大为惊叹：所有这些故事都在等待我去发掘。

父亲的爱好很快变成了我的爱好。我不停地阅读，从一睁开眼到进入梦乡，在床上、在茅厕里、在饭桌上，我随时随地可以进入阅读状态。用餐时，我无法将自己脱离正在进行的阅读，于是书页轻擦到了我碗内的食物。看到我如此热衷于阅读，母亲通常很高兴，只有一次，她对于这种有些过于占据我时间的爱好感到恼火。"你正在继承你爸爸的坏习惯，你不应该一边读书一边吃饭。这对消化不好！"然后，她假装威胁我："你再这样下去，我会像你奶奶那样做的。"她在说什么？父亲沉默着。妈妈接着说，父亲的母亲、也就是我的奶奶，在他还是青少年时，看到他在吃饭时一直看书，非常恼火，于是把他的一本书扔进了河里。听到这件陈年轶事被揭露出来，父亲露出了尴尬的笑容。

整个小学期间，我一直在探索父亲的"图书馆"。我很快就从儿童故事转向了世界文学经典。夏洛蒂·勃朗特的《简·爱》、简·奥斯丁的《傲慢与偏见》、马克西姆·高尔基的《童年》……这么多动人的、往往悲惨的——总之色彩强烈的——故事，发生在如此遥远的土地上，与我的世界如此不同。如同一扇大门从此打开，通向我一无所知的世界、文化和传统，它们深深吸引了我，令我眼花缭乱。我震撼于这些人物的自由、对冒险的热爱，以及对于命运的坚定信念，没有任何东西——尤其是恐惧——可以阻止他们完成自己人生的使命。

其他书籍的作者来自我阅读中发现的一个国家：法国。这些书过去和现在都在中国获得了普遍的成功，出现在许多地方——包括小城镇——的图书馆里。我记不清我是在读《悲惨世界》之前阅读了《基督山伯爵》，还是顺序相反，但我没有忘记在阅读这些书籍时内心的各种情感。如果说我佩服爱德蒙·唐泰斯的勇敢、牺牲精神和坚定不移的决心，那么我同时也震撼于小珂赛特的残酷命运。她还不到六岁，却被可怕的德纳第夫妇当作奴隶对待。她

　　　　　　　　　　西哈诺、孔子与我

被迫在天亮之前清扫街道,"红红的小手上拿着一把巨大的扫帚,大眼睛里噙着泪水"。尤其是书中有一幅令人心碎的画面:这个可怜的孩子赤脚站在街上,眼神中祈求着怜悯。

简·爱的命运更没有什么令人羡慕的。她是个孤儿,"贫穷、暗淡、丑陋而矮小"。这个年轻的女子不让自己被命运打败,并且最终遇到了成为她一生挚爱的罗切斯特先生。女主角成了我的榜样;我着迷于她的独立精神以及她拒绝宿命的内在力量。我觉得,我也有能力搬动大山、有能力扭转命运的轨迹。

简而言之,就是梦想过上更美好的生活。

3　书法字帖

1979 年我出生那一年，独生子女政策开始实施。在当时的农村，经常有重男轻女的思想，所以这项政策有时会遭遇强烈的抵制。孩子除了是爱情的结晶，也能够增加家庭中的劳动力，帮助获取更好的生活条件。而且，在没有退休金和医疗保险的村庄里，孩子可以让自己能够安度晚年。由于我疑似患有心脏病，我的父母被特许生育二胎。我的妹妹海燕在我出生五年之后来到了这个世界。我充满喜悦地迎接她的到来。

为了增加家庭收入，妈妈挽起袖子干活。她不满足于仅仅在田间长时间劳作，于是开始寻找并最终获得了一份副业：在农忙之外，她用附近一家工厂提供的原材料，制作火柴盒：首先准备好胶水，把纸粘在纸盒子的支架上，之后进行晾干处理，再一个个组装盒子，最后把它们并排放在一个纸箱里……我放学归来会帮母亲一把，很快就熟练掌握了手工制作技术。一周之内，我们能完成一万个盒子，然后用自行车运送到工厂，接下来它们将被工厂进一步包装后再发货。我们的净报酬是：5 元人民币。

有一次，我陪母亲将火柴盒运送到工厂之后，我告诉她，学校的老师希望学生们买一本书法字帖。我们带着刚刚赚到的钱，走进工厂附近的一家书店内。我很快在书架上找到需要的书,递给了母亲。书的售价是 1.5 元。一笔不小的财富。

"很贵。"她小声嘟囔着,好像害怕其他顾客会听到。

她盯了一会手中牢牢握着的几张来之不易的钞票和硬币。然后,她把目光转向我。

"我们去结账吧。"她用坚定的声音说。

那一天我明白,我的父母愿意作出任何牺牲,只为了创造条件让我们子女能够建设起比他们更好的人生。在我的内心深处,我觉得母亲对我这个小女孩的未来更加敏感。她不希望我像她一样,在田间艰苦劳作一辈子。我永远也不会忘记这一幕——当时我才八岁——三十多年后的今天,回想起那个场景依然让我热泪盈眶。

看着我的父母和邻居们如此辛劳,而我却可以安静地学习,我不由得产生了一种负罪感。和当时许多农民一样,母亲几乎从来不使用任何农业机械来协助她的田间劳作。冬日刺骨的寒风、夏日炎炎的烈日,以及为了提高农产量而频繁使用的化肥和农药,都深深刺激着母亲的脸部和皮肤。我以前就注意到了:妈妈的手和爸爸的手一样,像砂纸一样粗糙,布满老茧。为了不辜负他们表现出来的自我牺牲精神,以及出于我本身的雄心壮志,我发誓要在学习中一直保持优秀。

从小学一年级开始,我的成绩一直在排行榜上名列第一。每次考试后,老师都会把试卷按照分数从最高到最低的排名,点名发给每个学生。因此,所有人都知道自己的班级排名。每个学期结束时,学生的总排名会被抄写在教室后面的黑板上。对于我们中国人来说，这不是用来谴责或者羞辱学生的手段，相反地，它是一种激发学生积极性、不断推动他们自我超越的方式。

这些孩童时期的成功，也许与我的幸运星有某种关联。然而，根据正式的说法，幸运星本不应该出现在我身上。我的属相是羊。在十二生肖当中，它通常被认为是最糟糕的，尤其是冬天里出生的山羊，因为它没有草吃。那时候，妈妈似乎是想破除这个不祥之兆，她带我去请教邻村的算命先生。他是个盲人，以算得准而出名。他保持乐观：根据传统的算命方法，更准确的做法是参考阴历的立春日期，而不是农历新年日期，因此，按照立春日期，我的属相应该是马而不是羊。马，在中国文化里是成功和幸运的象征。还需要期待什么更好的吗？

我的勤奋和我在课余时间向母亲提供的帮助，并不妨碍我拥有一些放松的时刻。我和同学或者邻居小伙伴们在一起玩的游戏与法国小朋友的游戏并没有太大差别。比如我很喜欢的跳绳和跳房子游戏，在操场或者院子里都可以进行。我也喜欢踢毽子，它对于法国人来说代表着一种异国情调，在进口到法国时被改名为"plumfoot"。你需要只使用脚部尽可能长时间地将毽子留在空中。

每年——或者几乎每年——的暑假里，妈妈都会送我去姥姥家补充能量。我的瘦弱仍然是她脑海中挥之不去的烦恼来源。姥姥家虽然并不富裕，但生活比我们稍微好一些。她家的农田比我们家的更大，她在那里种植一些美味的、在我的食谱中缺乏的水果，包括多汁的西瓜和糖量丰富的香瓜。她家附近的小河里，充满了美味而足够体量的小龙虾。姥姥做饭的时候，我负责猎食：在水边，我先用抄网捕捉那些小龙虾，然后我抱着那些又躁动不安又想复仇的小甲壳类动物，快步跑回厨房，直到将这些不幸的小东西扔进沸腾的锅内。这标志着双方对决的结束以及我毫不留情的胜利。每年夏天结束后，我回到自己的家中，体重就又增加了几公斤。任务圆满完成。

父母决定带我去医院检查我的心脏健康状况。这并不紧迫：在地里干活或者运动时，我没有感觉到任何呼吸急促，也没有丝毫不适，我精力充沛，很少生病。检查结果也证实了这些积极的迹象：我在没有借助任何外力的情况下，像个大人一样自动痊愈了。医生将这种神奇的治愈归功于我经常性的、密集的体育活动。两三年后，一次新的检查将再次证实这一惊人的诊断结果。

进入小学的最后一学年，我的父母着手要建造一个新家，这要归功于他们多年以来积攒下来的积蓄。直到那时，我们都住在一栋看起来像军营的单层老房子里。邻居们也一样，不过他们逐渐搬离了这个院子。我们的新家有两层，很宽敞很明亮。对于一个四口之家来说，这几乎有点太大。其实，盖这么大的房子，不仅关乎生活舒适，还关乎名声。经过大半辈子的辛勤劳作，我们所在地区的几乎所有村民，尽管财力有限，但都会通过自己的储蓄以及向亲朋好友的借款，建造属于自己的两层或三层楼房。

同一年，我的妹妹进入了小学一年级。一下子有了两个只花钱不赚钱的学童，这极大影响了家中本已紧张的财务状况。20 世纪 90 年代初，改革开放开始取得成果，但在像我们村庄这样的许多地方，人们仍然需要通过顽强的劳作来改善生活条件。对于邻居们来说，克服这种节俭生活的解决方案很快就找到了："为什么要供女孩子上学？这是浪费钱。"其中一些人公开这么说。这些话传到了我的耳朵里。父亲注意到了这一点,向我和妹妹强调会一直支持我们读书。

"女儿们,如果有一天我必须卖掉房子供你们继续上学,我会毫不犹豫这样做的。"

父亲的话产生了作用,尤其是,他这样的直白表达并不常见。我内心深受感动。我再次发誓,要不辜负他对我的期望。

我在学业上的努力很快得到了回报。初中毕业时,由于成绩优秀,我考上了通州市最好的高中。得知我被录取的消息,父母非常高兴。他们也知道,今后将不得不更加努力地承担额外的经济负担:因为学校与家庭的距离,我不得不住校,每个月或每两个月才能回家一次。此外,从这所高中到我的村子,需要乘坐两次公共汽车,车票并不便宜,而我首先必须专心致志地学习。

为了维持我们的财务状况,父亲除了继续从事本行的木匠工作,还通过自学学会了一些房屋翻修技术。很快,他就能够修理屋顶、浇筑混凝土板或者进行室内装潢了。

在我进入高中后不久,父亲遭遇了一场严重的事故。他在参与建造一所新房屋时,从二层楼上跌下,摔断了腿。他起先住院两周,之后必须在家中休整一个月不能走动。但他担心付不起家庭开支的账单,还没有等到完全康复,就开始在家中制作家具,一瘸一拐地完成他的任务。

在我四十岁之前,我对这件事情一无所知。

4　承诺

　　进入高中，意味着我之前无可争议的学业成绩第一名就此结束。我突然意识到，在有几百名学生的初中里成为最好的学生并非难如登天。然而，在有数千名学生的高中里要复制同样的结果，不再是一回事。但失败这个词不在我的词典里。如果我想实现给自己定下的目标，我就必须成为学校里的佼佼者，只有这样才能实现我的自我放飞梦想：进入知名的北京大学求学。

　　在 20 世纪 90 年代，对于一个农村的孩子来说，很难想象这样的雄心壮志是多么的遥不可及——直到今天仍然如此。那时，我的村子里几乎从没有人踏进过大学的教室。此外，由于我公开表示希望能考上一所名牌大学，引来了一些怀疑的声音。住在我们隔壁房屋里的一对夫妇"幸运"地生了两个男孩，他们暗自希望，我的失败能够证实大自然赋予他们的优势。就连婶婶都在背后嘲笑我的野心："像她这样的女孩子，怎么可能成为大学生?"这些闲言蜚语传到我耳中，热血涌上我的脸庞，但这些丝毫都不能影响我的决心。恰恰相反：我一定要通过自己的意志，改变自己的命运。

　　在当时，这种论调在中国农村里并不罕见。除了投射给女性的落后形象外，互相攀比的文化也很盛行。而从攀比到嫉妒，只有一步之遥。社区精神在农村仍然非常普遍，当它创造出互助和团结精神时，我非常欣赏；但当它让人沉迷于八卦或评判邻居时，我不喜欢。我的阅读给我打开了通往世界多样性的一扇大门，让我越来越想去探索它。如果我考不上大学，我就只能一辈子做农民。不过同时我也知道，这种深入泥土的根基，赋予了我难以置信的内在力量。

在高中，学生有两个方向可供选择：理科或文科。我对文学的喜爱，让我更倾向于选择后者。在我所在的县级市里，每年有近1 500 名学生选择文科；也就是说，在通往最好的大学的道路上，有这么多竞争对手存在。最初住校的几个月内，我非常想念父母。打电话给他们是不可能的：他们没有固定电话，这是当时的农民无法负担的奢侈品。我于是与父亲通信，他鼓励我专注于学习，同时不要忘记照顾自己。

正是在这段时间里，我引入了一个一直延续到今天的仪式：我创建了一张要在未来几个月甚至几年内完成的目标列表。我首先列出目前阶段的两个主要优先事项：

目标列表

1）被名牌大学录取

2）获得人生成功

这是我需要的目标，至少目前如此。这些目标组成了我人生的基准和展望，在实现之前绝不能离开我的视野。之后，新的目标将取代它们。目标列表不会——也绝不能——为空。迈出的每一

西哈诺、孔子与我

步,只是迈向下一步的一种铺垫。

大部分时间,我都把头埋在我的课本中。娱乐、男生、音乐……这些青少年的时尚点,与我目前要操心的事情相去甚远。我既没有时间,也没有金钱来自我消遣。至于男生,去关注他们有什么用:我看起来什么都不像。或者更准确地说,像一个身无分文、有点笨拙的农妇。我穿得像个修女,我甚至不知道这个世界上存在着化妆这件事,我总是把头发修剪得很短。舒适,高效,零魅力。

不过,我还是和同班同学建立起了友好的关系。其中包括昊,她成了我最好的朋友。她来自通州,父亲是公务员,母亲从事教师行业。显然,她的知识分子家庭条件相当不错。然而,她穿着朴素,并不在意一些已经让部分同学痴迷的时尚风。她知道如何保持谦虚,这是我最欣赏她的地方。她留着短发,个子比我小一点,为人低调,也很有教养。但最重要的是,她和我一样雄心勃勃。我们互相激励。她比我更擅长交际,我仍然是一个内向的女孩。

要回去看望父母,我必须首先搭乘长途汽车,四十分钟之后抵达南通市区。然后,我得乘坐另外一辆公交汽车,花费同样的时间到达离我家最近的车站。最后,我需要再步行二十分钟才能到家。

一个周六,我回到家,发现大门上着锁。父母本应该在家中等我。我没有钥匙,于是坐到门外。这不正常,我有一种不好的感觉。我的太阳穴在发热。我焦虑地等待了大约三十分钟后,父亲出现了。他天生不喜欢情感外露,但这一次,我分明觉得有些不对劲。

"爸爸,你去哪儿了? 妈妈在哪里?"

像往常一样，父亲想要表现得坚定和使人安心。但这一次，他看起来很不自然。

"妈妈在医院。她出事了。"

我的心脏在胸口不规则地跳动。那是我的心脏病。它苏醒了。这并不要紧，我并不是那个身处危险的人。我们以最快的速度骑车去医院。在路上，父亲告诉了我发生的事情。为了帮助支付我的学费，母亲除了从事农活外，还在村里一处房屋建筑工地上工作。她的主要任务是操作一台水泥自动砌块成型机。前一天晚上，由于停电，机器发生了故障。她趁机打扫，却忘记拔掉电源插座。几分钟后，电源自动恢复，机器再次启动。然后，她的左脚被机器的旋转叶片卡住了，叶片还在盲目地继续旋转。就在她被卡住的脚快要被轧坏时，一名目睹这一切的工人成功切断了电源。

一旦到了母亲的床边，我这台平日里无比坚强的推土机，瞬间变成了一堆灰尘。我再也抑制不住自己的眼泪。母亲躺在病床上，面色苍白，但她的笑容依旧。我从未见过她处于这种状态，内心受到了极大的震动。奇迹的是，她的脚没有被轧断，只是被机器啃咬了肉。医生不得不处理伤口并缝针。妈妈正在从手术中慢慢恢复，但她看起来很疲倦。我握住她粗糙和凹凸不平的双手。这个动作触动了她。她的眼睛开始发光。她比我更能控制自己的情绪，而我已经无法阻止自己泪流满面。

"对不起，妈妈。都是我的错。但很快，你就不必再为工作如此拼命了。你不会，爸爸也不会。高中结束时，我会进入一所名牌大学。我知道的。相信我。你和爸爸再也不用担心钱的问题了。

我会有一份很好的工作,我会照顾你们两个。我向你保证。"

她腼腆的笑容变得更加灿烂。我觉察到这并不是为了让我安心才露出的满足笑容。她相信我的能力。她相信我。

"在那之前,我不想你再去工地上工作。好吗?"

"好的。"

这个承诺,首先要由我来完成。无论付出什么代价,我都不会失败。

5 一山又一山

在令人疲惫不堪的高中一年级即将结束时，班级排名下来了：我在文科班仅排名第六，尽管我一直专注于学业的成功。这简直就是迎面一瓢冷水。我的各科成绩虽然总体良好，但并不处处优秀。我尽量保持乐观：我还有一些时间来纠正这种情况。然而，到了第二年年底，我的排名并没有好转。

最后一学年开学前的那个夏天，学校替我报名参加一个地区英语比赛。我独自在空荡荡的宿舍里复习，沐浴在令人窒息的湿热中。在复习期间，我遇到了刚刚参加完高考的上一届学生。其中那些被最好的大学录取的学生，在学校排名前三。他们的喜悦和自豪感促使我振奋起来。如果我不提高自己的排名，我就永远没有机会追随他们的脚步。我在课堂笔记本上写下了这句话，听起来像是一个决心："此时不博，更待何时！"

刺激效果立竿见影。我制定了一个真正的"战斗"计划。第一步：找出我的弱点。在数学以及历史课程上，我仍然有改进的空间。在数学考试中，我有时候会粗心大意，为此我制定了一个新规则：每次答题后，必须尽快重新检查有没有犯错；从头开始，逐步展开我的推理。对于历史课，我一遍又一遍地阅读教科书，直到我可以将一切内容熟记于心并在脑中翻页。就在春节前,通州市举行了由九门科目组成的会考。我的努力得到了回报:文科和理科都放在一起,我获得了这次会考通州市最好的成绩。第一名,春燕。终于!

与法国不同,中国的大学实行入学考试。中国也没有法国的"大学校"①或者预科班②。北大是中国最著名的两所大学之一,筛选非常严格,它与清华大学相邻,位于中国的首都北京。两所学校可以说分别对应美国的哈佛大学和麻省理工学院,水平上的差异相当于网球名将纳达尔和费德勒的区别:微乎其微,可以忽略不计。在高三快结束时,所有的高考生都必须根据自己的喜好填上三个志愿,最心仪的大学放在第一位,以此类推。然后,学生参加全国高考,各个大学里的不同学科在每个省都有一定的招生名额。而我所选择的北京大学的专业——主修法语语言文学,辅修国际经济——在整个江苏省只招收两名学生。万一失败,将不会有回旋或者补救的机会。

在我高三的最后六个月里,我每晚只睡五个小时。其余时间我都在学习。马不停蹄地学习。那些悠闲阅读小说的夜晚结束

① "大学校"(Grande Ecole)属于法国精英教育。是在法国教育部的监督下,通过考试招收学生并提供高水平培训的高等教育机构,包括师范学院、行政学院、商学院和工程师学院。
② "大学校"预科班是法国教育体系特有的机制。法国高中生会考通过后,可以选择直接上大学,或者进入为期两年的预科班学习,以准备淘汰率很高的"大学校"入学考试。

了。早晨，我第一个到达教室，甚至在学校正式开门之前。进教室时还没有通电，但没有什么能够阻止我。我点上蜡烛，烛光照亮了我的笔记本，让我可以准备或者温习功课。中午，我前往食堂，仅用十五分钟吞下午餐，然后回宿舍小憩十分钟，之后再洒一点冷水在脸上，重新找回状态。晚上下课后，我打开笔记本和课本，一直学习到就寝时间。

昊的目标是南京大学。她的朋友当中，有一个是理科班的学生，名叫峰。他相当神秘，高大英俊，很有男子气概，简直十全十美。高中一年级时，我就注意到他了，而我并不是唯一一个关注他的女生。他还具有难得的书法天赋。他的书法作品曾被老师放置在学校门口的橱窗内展示。他的舞姿也很出色。我从来都不敢和他说话，当我在去往食堂的路上与他擦肩而过时，我感到紧张万分。我不想因为这个让自己分心。再说，他怎么会对我这种穿着普通的、不起眼的女孩感兴趣？当我看到他在我们教室前和昊聊天时，我在远处暗自观察他们，小心翼翼地不暴露我的内心想法。光是看到这个男孩，我就感到内心充满喜悦。他应该见过我一两次，但我认为他从来没有费心看过我。

是时候停止做白日梦了。全国高考临近。我已经准备好了。到目前为止，我验证了父母教给我的道理：一分耕耘，一分收获。谁知道，如果我进入北大，也许那个有书法天赋的男生终于会听到别人谈论我。

就在高考前几周的一天早晨，父亲来学校看我。他给了我一些生活费，用作我接下来几周的开支。他的手上布满了因为木匠活而造成的小伤疤，看起来就像受冬天的霜冻折磨而变得干瘦的树枝。我觉得他有什么特别的话要告诉我。他用那种只有父亲面对女儿时才有的保护和慈爱的目光,看着我。

"你确定要以北大为目标?"

"是的,爸爸。"

"你有没有想过万一失败的后备计划?"

"没有,爸爸。"

"既然如此,我相信你的好运,女儿。"

他给了我一个微笑,然后离开去乘坐公共汽车。父亲走路总是很快,好似脚下生风。在他的头发中央,永远竖着一缕扭曲的头发,让人觉得似乎他刚刚起床。每年春节前夕,我们两人都会骑车到南通市中心,去购买过节所需要的东西。在路上,利用这难得的特殊时刻,他经常对我讲:"女儿,人生中有梦想是一件很棒的事情,你永远不要放弃。"那天早上,看着他走远,我知道我没有权利让他失望。

高考为期三天,在1997年7月的上旬举行,那时香港刚刚回归中国。天气热得令人窒息。我所在的高中被指定为全市的高考中心。我在自己的场地上竞争——这少了一个焦虑的来源——但这里只有电风扇,没有空调。我汗流浃背地出现在考场教室前。我曾经对自己发过誓不要紧张,但那都是徒劳的。在通往考场的队列中,我不可抑制地想再看一次复习材料。我把空着的手伸进口袋,那里放着我珍贵的准考证。几天前,班主任亲手把它交给了我。准考证上,我的编号为000001,这是完全随机分配的结果。我只能将其视为一种命运的暗示。

三天马拉松似的考试结束时,我觉得我的一生都依赖于它,但命运似乎已经抛弃了我。一想到可能失败,我就害怕不已。考试结束后,考生们聚在教室出口,比较他们的答案,并讨论各自的答题表现。我伸长了耳朵,听到几位同学在评论我之前没有注意到的考题陷阱。我的士气变得低落,在将我的答案与他人的答案进行比较之前,我已经相信自己没有达到目标。回到父母身边,我非常伤心。我仍然有机会找到一份好工作,但我想要的不止这些:我想要最好的生活。它将支撑我发掘大千世界的梦想,并将永远保护我免于物质匮乏。

父母保持微笑,告诉我一切都没有失去,应该耐心等待结果。十五天内,我把自己关在家里,在黑暗中沮丧不已,默不作声,直到宣布结果的那一天。要得知考试成绩,每个学生都必须打电话给自己的班主任。家中没有固定电话,于是我去邻居家借用。我提起话筒时,心里像压着一块沉沉的石头。电话铃声回荡在屋内。虽然我已经预见会听到坏消息,但我仍然没有准备好亲耳听到它。

"老师,您好。"

"春燕,是你吗?我很高兴听到你的声音。"

"您说什么?"

"在我目前收到的录取通知书里,你的这一份是最让人高兴的。"

录取了!我被北大录取了!这绝对不可能是老师开的玩笑。在通州市所有文科高考生中,我排名第二,与第一名的差距微不足道。我终于达到了目标!我激动万分。这一次,我将命运牢牢地掌握在了自己的手中。一切都将不同。我的"自我放飞"梦想不再是幻想：这将是我旅程的下一步。我再也不会受制于我的社会出身。昊也如她所愿，被南京大学录取。我兴高采烈。她热烈地祝贺我。几年后，她进入了久负盛名的哈佛法学院，之后回国任职于一家国际律师事务所。

进入北大几周后，我向昊要了峰的邮箱地址。他是一名好学生，但更是一位充满艺术细胞的青年。他考上了一所远离北京的二三线大学。我给他寄去了一封信。这种行为不符合我的性格，但不知为什么，我有一种要联系他的冲动。我在信的开头写道，我的来信肯定会让他大吃一惊，我是昊的朋友，他不太可能记得我。我随口又补充了一句，我刚刚进入北大。最后，我表示希望能够与他保持联系。

他给我回了信。他的回答我记得很清楚。

"我记得你……恭喜你被北大录取！"

我进入了北大，就这样登上了人生第一座山峰。另一座山峰已经属于过去。

6　在少女花影下[①]

北京并非几步之遥。首都距离我的村庄大约有一千公里。这是我有生以来第一次出这么远的门。父亲陪着我去了南京。他沉默不语，但他容光焕发的脸出卖了他的骄傲。他的幸福之情满溢而出，几乎带着孩童式的欢乐。然后，从南京到北京，我一个人乘坐火车，背着一个沉重的包裹和一个大木箱，旅途中箱子的把手还折断了。在座位上昏昏沉睡了一整夜后，我终于抵达了北京火车站。一辆北大迎新专车在那里等着我，里面坐满了各种新面孔。

1997 年时，尽管中国的经济持续落后于欧洲，但北大与巴黎第十大学相比更像美国电影中的校园：数百公顷的土地、大量的绿植、巨大的图书馆、餐馆和小商店、历史悠久的老建筑、现代化的设施……这里不缺乏任何东西来奖励有机会跨入这座象牙塔的勤奋学生。北京大学成立于 1898 年，汇集了来自全国各地的未来精英。在课余时间，这些头脑充实的学生漫步于未名湖边，从这里可以看到著名的博雅塔——一座高 37 米的废弃旧水塔。天气晴朗的时候，学生们可以在"静园"的草坪上休息，阅读、小睡、聊天或者

---

① 《在少女花影下》（*À l'ombre des jeunes filles en fleurs*）也是一本追忆流年的小说，作者为法国作家马塞尔·普鲁斯特。

弹吉他，度过一段美好的时光。北大位于所谓的"知识分子"区，这里的书店提供座位给读者阅读书籍。距离此处几百米，未来的中国"硅谷"——中关村——正在逐渐成形。当时对于大多数国人来说，互联网或者电子商务仍然是一个陌生的概念。

高中时，因为童年时期受阅读影响而产生的"发掘大千世界"的梦想，我选择了文科。对于我将来要从事的职业，当时的我并没有确切的想法，于是我探索了几种不同的可能性，目标是从人群中脱颖而出，满足我对别处的渴望。在外语、文学、经济、法律等专业之中，我没有过多考虑就做出了选择：当然是外语和文学。不过要学习哪门外语呢？无需考虑英文，这固然必不可少，但我已经掌握得足够好了。德语在经商方面很有帮助，不过它并不是中国人青睐的一门语言。另外，德语中要表达"再见"，就得说"tschüss"，听起来和中文的"去死"一模一样。这可真够友好的。

事实上，当我知道我会选择一门外语作为专业时，我就作出了决定。当然是法语。雨果、大仲马、司汤达、莫泊桑……童年时所有这些作家的作品给过我各种憧憬，为我这个农家小女孩打开了意想不到的视野。这些阅读从未离开过我。在我和许多中国人的眼中，法语是优秀的文学语言。我与朱利安·索雷尔一起激动过，与爱德蒙·唐泰斯一起反抗过，我在珂赛特的肩膀上倾洒过泪水……今后，我将有机会以他们的母语，阅读他们的冒险经历以及这些出色的故事。尽管，法语中的"你好"——"bonjour"或"salut"①——

---

① Salut 在法语中是"你好"或"再见"的一种口语化表达。

在汉语中听起来很像"笨猪"和"傻驴"。而且法语与国际经济学的专业结合，在我看来是能获得更多知识和技能的完美选择。

我们班有十七个学生，包括十六个女孩和一个男孩。这家伙对于这种男女完全失衡的比率，并不感到苦恼。他甚至因为被释放在真空中的大量雌激素所包围而被其他专业的男生们嫉妒加羡慕。然而，他并没有享受这种特权地位太久，因为他被莫里哀语言的困难程度弄得灰心丧气，在年底即将离开我们这个专业。我们的法语老师姓杨。她是个中国人，这显而易见。不过，她在法国求过学，并且在法文上得心应手。此外，这也是一位非常优雅的女性，似乎拥有法国女人天然的高雅气质。

在最初的课堂上，我们听着她讲法语，不敢太多开口。这样也非常好：这门语言是如此和谐悦耳、如此音调优美，简直能让耳朵怀孕……杨老师只需用法文朗诵字母，或者阅读一袋薯片后面的成分表，就能让我一直有这种美妙的感觉，就如同聆听一首赞美典雅爱情美德的诗歌。

我当时还不知道的是，倾听法语的快乐，在你决定学习它的那一天就终止了。简直是噩梦。发明一门如此复杂的语言，到底是出自什么样的想法？到底是为了什么目的？如果不是为了让学习它变成一项不可能的任务的话。法语的第一个"荒谬"之处，在于这种难以理解的离奇念头：它想要赋予每种物体一个性别。但为什么一本书是阳性，而一盏灯是阴性？我知道法国人以他们的浪漫主义情怀而闻名，我对于他们个性中的这一特征并非无动于衷。但是因此去决定每种物体的性别属性，就好像它们之间可以相互

　　　　　　　　　　　　　西哈诺、孔子与我

求爱并坠入爱河，这让我困惑不已。

事情的怪诞不止于此。不知为何，"下午"这个词没有性别。或者更确切地说，有：它属于雌雄同体。我们可以不加区别地说"un"（阳性"一个"）或"une"（阴性"一个"）下午。这些我并不太在意。但是为什么不在法文字典的其余部分，保留这种有益的、无区别的性别属性呢？那些母语为法语的国家，完全无法了解这种随机性猜测普通名词性别的愚蠢游戏对法语学习者的无穷无尽的折磨。

"春燕，如果你去面包店，你会购买一根阳性还是阴性的法棍?"杨老师在一堂课中问我。像往常一样，我毫无头绪。该死的法棍。我想了一会儿，仍然没有任何线索可以将我解救出困境。突然，一道闪光划过我的脑海。我有解决方法了。我知道了。我终于找到钥匙了！

"我会买两根法棍，老师，这样更简单。"

全班哄堂大笑。但仔细想一想，在我这个看似答非所问的句子里，其实隐藏了一个深刻的人生教训：不掌握法语也可以在法国生活，只要你有足够的金钱。

这仅仅是我们各种麻烦的开始。法语的动词变位也无任何直观性可言。法语时态非常丰富：仅仅主要的语式就有六种！虚拟时态让人头疼，更不用说一大堆不规则动词……甚至单词的发音，都是一道军事障碍赛。我过多地把汉语的四种拼音声调用在了一门并不怎么需要这些的语言上，从而引来了老师的怒火。更糟糕的是：在最初的课堂上，我无法区分"p"和"b"，"t"和"d"，以及"c"或"k"和"g"。每对音素在我听起来没有任何区别。杨老师终于失去了冷静。

"这个词念'礼物'(cadeau),而不是'蛋糕'(gâteau)。"

"Cateau。"

"也不是。'g'音是喉音,它来自喉咙。试着振动你的声带。"

我集中注意力,把手放在喉咙上,试图感受其振动。找到了。这一次,我觉得是我做对了。

"Gâdeau!"

在最坏的情况下,也没有什么特别严重的,除了在为六个人点一道"巧克力礼物"[①]时。

我努力拼搏,最终进入世界上最严肃的大学之一,然而我觉得似乎被锁在了一个喜剧短片中。日子一天天过去,这是很长时间以来我第一次感觉到沮丧。是的,汉语不是一门简单的语言,尤其因为它具有特殊的语调和复杂的书写方式。但我们不必纠结于汉语词汇的性别,而且中文语法通常更容易被理解。然而,当直接宾语是人称代词时,法语里必须将动词和宾语颠倒。这样的"卖俏"行为从何而来?在普通话中,人们不会去冒这种耍杂技的风险:我们不会说"我他遇到昨天"[②],我们会单纯地满足于表达"昨天,我遇见了他"。

而在各种古怪事物的目录中,法国数字拔得头筹。在数字 69之前,一切或多或少还算正常。但在那之后就变得很疯狂。从数

---

① 巧克力蛋糕在法语里是 gâteau au chocolat,但如果 gâteau 发音不准确,听起来就可能像 cadeau au chocolat(巧克力礼物);后面这种表达在法文中并不存在。

② 对应法文为"Je l'ai rencontré hier."

　　　　　　　　西哈诺、孔子与我

字 70 开始，您得准备好开动脑筋。比如，70 在英文中是"七十"（seventy），这合乎逻辑。但法国人喜欢对其进行数学拆分：七十，也就是六十加十。之后，操作变得更加扑朔迷离。例如，非常直观的英文"九十二"（ninety-two），在法语中竟然变成了一个等式：$4 \times 20 + 12 = 92$。这一目了然。我现在明白了，为什么法国以其杰出的数学家而著称：要用法文从一数到一百，您需要一个硕士学位！

为了重新发掘法语的乐趣，我坚持追寻它最高贵的形式，也是我最了解的一种：文学。第二年，我们有了一位新教授——白发苍苍的丁先生，他学识渊博，也非常有耐心，为我们打开了解其他法国作家的大门，比如马塞尔·普鲁斯特。研究这位文字天才的作品，让我们有机会接触长句子这种微妙而充满言外之意的艺术。这位知名作家确实对长句子情有独钟。

"长句子是高水平法语的标志"，教授强调道。"在你们的谈话中，要小心太短的句子。在某些环境里，它可能会被视为过于随便。比如，简单的问题'请问，厕所？'就有些太过直接。它的加长版更好：'请问，厕所在哪里？'"

丁教授以《追忆似水年华》第四部《所多玛和蛾摩拉》为例，向我们展示了这种概念的微妙之处。该作品包含了可能是法国文学史上最长的一句话。上完课后，我前往外语系图书馆，想尝试阅读引起我好奇心的那个段落。我手中捧着书离开了图书馆，躺到草坪上的一个角落里，享受秋天仍然温和的天气。

Sans honneur que précaire, sans liberté que provisoire,

jusqu'à la découverte du crime; sans situation qu'instable, comme pour le poète la veille fêté dans tous les salons, applaudi dans tous les théâtres de Londres, chassé le lendemain de tous les garnis sans pouvoir trouver un oreiller où reposer sa tête, tournant la meule comme Samson et disant comme lui : « Les deux sexes mourront chacun de son côté » [. . .].

译文:"他们的名誉摇摇欲坠,他们的自由昙花一现,一旦罪行被发现,他们就会进入风雨飘摇的境地,就像诗人前一夜在所有沙龙中都受到热烈欢迎,在伦敦的所有剧院中都收获掌声,然而第二天却被赶出所有的客栈,找不到一个枕头可以垫头,像参孙一样推动磨石,并发出同样的感叹:'男女两性将各自消亡'[……]。"

我连这段话的十分之一都没读完。我不确定自己是否真的觉得这句话那么美妙。这无疑是因为我完全不明白这里所写的任何内容。在无数秒看似永无止境的阅读之后,我终于到达了句子末尾。

[. . .] ou ce qu'on nomme improprement ainsi, leur impose non plus à l'égard des autres mais d'eux-mêmes, et de façon qu'à eux-mêmes il ne leur paraisse pas un vice.

译文:"[……]他们的恶习,或'恶习'一词难以准确表意的行为,强迫他们对于自己而非别人,造成重大的内在约束,

西哈诺、孔子与我

以至于在他们自己看来，这种行为并不是一种恶习。"

毋庸置疑，这些文字是非常美丽和非常高雅的。但就我的水平而言，这完全令人晕头转向，或者更坦率地说，让人感觉无聊。我打起了哈欠。打盹的冲动战胜了词句的力量。我放下了书本，闭上眼睛。对不起了，马塞尔。

*

进入大学，对我来说远非放飞自我。这里学习的节奏比我预想的还要紧张，竞争比高中时还要激烈。学生从早到晚待在图书馆、自习室或者宿舍里学习。同时，我尽量享受一点生活。我正在慢慢改变我的衣橱。旧牛仔裤和修女长袍式的衣服，自此一去不复返。我买了几条裙子。我让爱美的天性生长，直至长发披肩，在那之前我一直留着短发。在十八岁，人生中第一次，我给了自己的女性气质一个表达的机会。我终于愿意向这个世界展示自己，我对现在的我感觉自在，但我仍然没有准备好去吸引异性。从某种意义上说，这样更好：大学里的男生们已经有足够多的事情要忙碌，不必要再来费心追求我。

在我所在的班级，确实有一些学校里最漂亮的女生。尤其其中四位，所过之处，必有回头率。这个消息很快在一些荷尔蒙爆棚的男生中传开。平日里，学校要求新生一大早就沿着校园外墙跑步，以维持良好的身体状态。每一次，一大群男孩都跑在我们身边。他们望向我们，目光谨慎而稍带害羞。显然，他们所关注的并不是我们的体育实力。我们班级的声誉甚至超出了本校的范围，传到了不远处的清华大学，这里汇集了全中国、也许全亚洲最杰出的科学精英。在寻找联谊班级时，清华物理班将目光投向了我们这一小群"亲法分子"。所有这些关注都让我无动于衷。我才刚刚接受了体内正在苏醒的这个年轻女孩，我需要时间弄明白如何与男生相处。

情人节到了。午饭时间，在我们六名学生共用的十三平米的宿舍里，公共对讲机突然响了，是我们女生宿舍楼——也被称为北大"公主楼"——值班阿姨的声音。有一个物件在接待处等待着我。我难以置信，快速穿上一条牛仔裤，冲下楼。值班阿姨递给我一朵花。一朵玫瑰。我想这不是她送的，她也确认了这一点。我惊讶不已。我没有任何理由收到这样的礼物。我确实注意到了某些男性关注的眼神，但自从我来到北大后，从来没有一个男生公开接近过我。我对于他们也一直保持着距离，这应该不会被误以为邀请对方来结识我。我手握着玫瑰花，回到宿舍，比以往任何时候都更加困惑。

"哎，姑娘们，谁开了个这么棒的玩笑？"众人面面相觑，看起来真的很惊讶。

"这件事情和我们无关。"其中一位保证道。

"真的吗？"

"是啊。不过，里面肯定还有一句话。你看了没有？"

"没有。什么样的话？"

用言语简直不足以描述我在这方面的认知水平之低。当然，如果高考设置相关主题的考试，爱情这件事对我来说就没有任何秘密可言了。但事实并非如此。

我小心翼翼地避开花刺，将手指穿过属于我的玫瑰，伸向里面。没有任何文字、任何名字、任何电话号码。我前往图书馆，保持着感官警觉，在我的四周寻找我的仰慕者的迹象，但徒劳无功。晚上，我回到宿舍，第二朵玫瑰——既没有签名也没有任何解释——在宿舍楼接待处等着我。用这样的方式表达对我的兴趣，却让我无法回复对方，这真是一个有趣的主意。试想一下，如果这恰好是一个我中意的男生，那我们完美的幸福就这样被彻底破坏掉了……这种浪费简直匪夷所思，对吧？

几天、几个月、几年过去了，我的秘密仰慕者再也没有出现。

我一直都不知道他是谁。

7　我的西哈诺[①]

　　如果有一天您去中国,不管逗留的原因是什么,您可以做一下这个有趣的小测试:随机在街上问一个中国人,关于法国他首先想到的是什么词。在99.9%的情况下,他都会感叹:"很浪漫!"不管您喜不喜欢,事情就是这样。对于普通中国人来说,法国的一切都关乎爱和享乐。法国人用亚历山大体说话。他们给自己喷洒香水,包括去超市买卫生纸之前。他们每天都经历超过一百次的一见钟情。他们在玉米片里面加香槟。诚然,香槟并非诱惑的象征,但不知为何,中国人眼中的法式浪漫,往往夹杂着某种奢侈的观念。至于法国男人对待伴侣的态度,显然超出了一切标准:他们每天献上玫瑰或者美好的惊喜,抛出含情脉脉的眼神,书写火热的情书,早晨沏好咖啡端至伴侣的床头,夜间为她们提供按摩服务,并且表现出一种永远都不会出错的深情与忠诚。

　　我们不能责怪中国人如此沉迷于这些古老的陈词滥调。我们当中许多人对于法国这个遥远国家的真正了解,仅限于法国文化

---

① 西哈诺是19世纪末法国知名戏剧《西哈诺·德·贝热拉克》(*Cyrano de Bergerac*)中的主人公。由此作品改编的《大鼻子情圣》电影被许多中国观众熟知。

中最成功输出的东西：电影、文学、高级时装、精致菜肴……简而言之，法式生活艺术。在这方面，巴黎最著名的摄影作品之一、罗伯特·杜瓦诺的《市政厅之吻》，在中国鼎鼎有名并被高度赞赏。它完美地总结了我们对于法国的想象：这个国家里的情侣们或美丽或英俊，他们身材苗条而衣着优雅，整日在富丽堂皇的古迹前散步，动不动就吻上对方的双唇。

当然，这种陈词滥调般的形象更像是在描述巴黎，而不是整个法国。但对于普通中国人来说，法国在其首都之外并不真正存在。埃菲尔铁塔、凯旋门、巴黎圣母院、大皇宫和小皇宫、卢浮宫、塞纳河畔小酒馆露台上的一杯浓缩咖啡……这些是他们梦寐以求的法国之旅。至于我那些对法国了解更多一些的同胞，他们的名单还会再加上波尔多葡萄园、蔚蓝海岸的海滩、戛纳电影节、马赛老港、里昂大教堂、卢瓦尔河谷城堡、圣米歇尔山的修道院，甚至普罗旺斯的薰衣草田，但他们对于法国奇妙景观的探索往往止步于此。

伟大的法国作家们描述了一种浪漫主义，用以颂扬爱情的深沉和真诚，展现对情感的大胆表达、对自由幸福生活的勇敢追求，以及对我们所爱之人的牺牲精神。如果说，《基督山伯爵》或《悲惨世界》里并无太多浪漫旋律，那么其他经典作品则赞美了各种激情风暴：《巴黎圣母院》《茶花女》，或是那必不可少的《西哈诺·德·贝热拉克》……小王子尤其以他对玫瑰的关注和深情打动了我。那是世界上独一无二的玫瑰，因为是他选择的玫瑰。正如狐狸所说，"正是你花费在玫瑰上的时间，才使得你的玫瑰花珍贵无比。"就像爱情一样。

但最能代表这种法式风格的，首先是伟大的西哈诺。我一口气读完了埃德蒙·罗斯坦的杰作①，梦想着我是罗克珊，躺在我的秘密仰慕者的怀抱中。在中国，这个角色变得非常出名，应特别归功于让-保罗·拉佩诺与热拉尔·德帕迪约合作的电影。该电影在中文中被翻译成《大鼻子情圣》。所以，很自然地，我把每个法国人都想象成潜在的西哈诺。但用不了多久，生活的机缘巧合就会向我展示与这个故事稍微不同的版本。

*

进入北大后，就需要更新我的目标列表了。现在这些目标中的第一个——进入名牌大学——已经完成，我必须找到新的目标来实现。

目标列表

1) 取得优秀的成绩

2) 增加课外活动，变得更加外向

3) 实现财务独立

第一个并不是真正的目标：它其实是我每天的心态。这是提醒我绝不能放弃努力以及对优秀的追求。在我看来，目标二和三应该得到优先考虑。经过这么多为考入北大所作的拼搏，最困难的部分已经完成。我需要向他人敞开心扉，变得更善于交际，并加强沟通技巧。至于经济自主权，是因为我想尽快减轻我可怜的父

---

① 法国诗人和剧作家埃德蒙·罗斯坦是《西哈诺·德·贝热拉克》一剧的作者，该剧于 1897 年在巴黎首演。

母的负担,让我更容易回家探望他们。自从我上大学以来,我每年只在暑假或者过年时才见他们一次。从北京坐火车到上海大约需要十个小时,而且车票很贵。大一第一个学期末,我回家过年,但只能买得起一张火车站票。于是在旅途的大部分时间内,我不得不坐在车厢的地板上。在我的国家,这没有什么不寻常或令人震惊的,许多乘客的情况和我一样。

直到大学二年级,我才在学业上获得了充足的信心,可以腾出精力来实现我的目标二和三。从报名参加各种协会和文化活动开始,我终于走出了我小小的个人空间。文学社、棒球队、学生会……我感觉好像突然弥补了以往只会闭门学习的遗憾。我认识了很多朋友,我外出活动,我跑步……总之我很开心!我不可能一夜之间变得外向,但我觉得正在第一次享受属于自己的青春。

大学第一学年结束时,我找到了我的第一份暑期工。那段时间里,北京遭到了热浪袭击,温度有时能达到 40 摄氏度。一位朋友的朋友在一家旅游公司工作,他正在寻找一名翻译来陪同八名法国医生。他们会在首都逗留一周,参观这座城市并了解中医。翻译报酬为:每天 100 元。真正的战利品!我学法语才一年,但我不是一个会让机会轻易溜走的人。像往常一样,我决定相信自己。随着任务的临近,我更加努力,边阅读关于北京的旅游小册子,边对自己重复这句古老的谚语:"初生牛犊不怕虎"。不过当我再仔细一想,我怀疑这句谚语是否真的经过实战验证。

任务进展顺利。我陪同这群医生去了故宫、天坛和长城等著名景点,帮助他们在餐厅点餐……第三天,他们被安排了解针灸师的职业。在去往相关地点之前,我勉强给出了几个关于这种古老而流行的技术的解释。其实,我从未踏进过针灸师的家。观摩现场针灸治疗的想法让我感到恐惧。到了那里后,我虽然假装无动于衷,但实际上,眼看针头一根一根地插入那个可怜病人的身体,我差点晕倒。看到我如此脸色苍白,法国医生们似乎都很惊讶,他们应该是觉得这样的场景对于中国人来说,本当如同法国人喝红酒那般普通。

在成功完成第一份兼职工作之后,其他任务很快就紧随而来。同时,我给一个准备高考的北京高三学生提供课外辅导。在大学四年级——也是最后一年——我对莫里哀语言的掌握程度已经足够让我接受其他兼职工作了。我在大型展览做口译,有时候给和法国有业务往来的中国企业家们上法语课。有一家中国知名出版社邀请我与他人共同翻译他们的法国合作伙伴出版的一本书:《人文科学是人的科学吗?》。我还在法国桦榭菲力柏契传媒集团的子公司找到了一份兼职实习,之后又去了一家中法广告公司。所有这些工作都使我得以离开父母的庇护,并最终在大学的最后一学期实现了经济独立。

12月,我在一个跨校圣诞晚会上认识了坤。他是清华大学的工科学生,戴着一副方形眼镜,乌黑的直发遮住了部分额头,看起来一副知识分子的模样。不过,他的运动步伐给了他一种独特的气质,以及他的同学们所不具备的翩翩风度。他走近我,教给我几个基本舞步。他的华尔兹和探戈技巧给我留下了深刻的印象。我从来没有见过一个男生跳舞跳得这么好。第二天他又联系了我。在这种柏拉图式爱情的最初几个月里,我们都没有打算超越这种类似少年少女之间纯情小故事的关系,亲吻或拥抱对我们来说已

西哈诺、孔子与我

经足够。这是我们这个时代的学生的典型风格。

我在北大的学业即将结束。我对于自己想从事的工作还没有一个确切的想法，我只希望它和法国或法语有关。至于其他方面——比如是交流、贸易还是市场营销——我都持开放态度。

就在毕业前几个月，法国外省一所商学院的负责人来访。他远道而来是为了说服我们班的同学去他们学校攻读硕士学位。我之前并不知道这些商校教程的存在，也从来没有老师告诉过我们。在他作介绍的时候，我与我的同桌窃窃私语着。

"你以前知道能这么容易就去法国留学的吗？"

"我知道的，不过你得注意：除了生活费用，你还要支付学费。"

"哦，好吧……"

"另外，坦率地说，如果你想进入一所更有名的学校，最好参加法国一流商学院的选拔考试，比如巴黎 HEC 或 ESSEC 高等商学院。如果你竞赛成功，你就可以申请奖学金。"

HEC。我从来没有听说过这所学校，更不要说降低费用加入它的可能性。在我以文学为主的课程中，老师们对商学院没有任何兴趣。不过这立刻引起了我的好奇心。但是，即使学费降低，在法国生活也超出了我目前经济实力所能够承受的程度。我的目标列表又增加了一个新条目：在一两年内存钱，然后前往法国 HEC 学习！

2001 年夏天，我从北大毕业后，留在了北京。我曾经实习过的那家中法广告公司为我提供了一个客户关系管理的职位。我接受了，但这是一个冒险的选择：这家公司没有北京户口配额。我于是失去了这个令人垂涎的"身份"和与之配套的待遇。我别无选择，必须成功前往法国继续我的学业。这是一个最终的决定。

那份工作虽然不总是令人兴奋，但还算合我心意，最重要的是，能够让我与一些法国大公司的负责人们建立起人脉关系。为了省钱，我在北京郊区找了一个很便宜的单间，从办公室骑自行车过去十五分钟能到达。我的薪水属于正常范围，但为了能够尽快实现我的新目标，我保持着朴素的生活方式。

*

大学毕业后的日子，是我还没有准备好的过渡时期。我的许多朋友开始工作或者出国留学。我结交了新的朋友，尤其是我通过熟人认识的、同样学法语的学生云。她和我一样是水瓶座。这是一个喜欢幻想的女孩，怀有理想主义情怀，热爱文学和珠宝。

坤和我继续见面，但我问自己是否想和他一起组建人生。他细致入微，也教会了我华尔兹和探戈，但我们的人生抱负不同。即使他不分享我的梦想，但如果他至少能够理解，那也没有关系。

"你为什么要不惜一切代价地出国？"他在一次散步后问我。

"如果我不去，我有一天会后悔的。那不一定是最终的结局，但我需要出国，至少几年。"

"你可以在中国过得很幸福。外国的月亮不比中国圆。"

"我不知道那里的月亮是否更圆，但它会以不同的方式出现。世界很大，我想去挖掘那后面的一切。我们不是说'流水不腐'吗？"

我很清楚坤发起这个讨论的背后目的。他试图想象我们情侣的未来，以规划人生。他的意图很好，也证实了他感情的真诚。但现在我意识到，我们不会有共同的未来。渐渐地，因为人生方向的不同以及性格的不合，我们争吵的次数变多了。我结束了这段恋爱关系，但这次失恋是我生命中的第一次，它让我陷入了深深的忧郁。在最初的几周内，我晚上下班回家后，会独自在房间里默默流泪。我感到空虚和迷失。而且，充满发现和快乐的这几年大学生涯的突然结束，也让我情绪低落。

11月份，父母打电话告诉我，在通州一所高中就读高三的妹妹海燕，决定复读一年以更好地准备高考。如果我可以提供一些经济援助，将能够帮助他们更好地应对这未预料到的决定。我把账户上所有的钱都寄给了他们，只给自己留了十块钱。在领工资之前，我必须用这点钱来支撑一个星期，我没有将这件事告诉任何人。我调整了饮食：米汤或汤面，再配上一些蔬菜，一碗幸福之汤就完成了。

1月份，我决定离开广告公司，加入一家法国大型酒店集团中国子公司的市场部，担任一份薪水更高、职责更多的职位。同时，我主动联系了一些翻译公司，在业余时间接一些翻译任务。购买个人电脑仍然超出我的经济承受能力，于是我去网吧完成这些任务。

一天早上，一家翻译公司委托我将一份几百页的文件从法语翻译成中文。我没有一分钟可以浪费。开头几天，我下班后去网吧工作。截止日期快到了，但我还有一大部分内容需要完成。于是我决定在办公室里熬一个通宵，这样可以继续使用我平时工作用的台式电脑，最大可能地推进翻译进度。夜幕降临，在这座多层建筑里，一切都那么平静，只有我敲击键盘的声音在回荡。第二天早晨，我继续坐在办公桌前，开始我一天的工作，就好像什么事情都没发生过一样。夜幕降临，我开启了第二个通宵，以准时完成任务。"你的负担将变成礼物，你受的苦将照亮你的路"，印度诗人泰戈尔这句话，在漫长的、有时寒冷刺骨的北京的夜晚，温暖着我的内心。

一个月后，我回老家和父母一起过年。我用这次熬夜完成的翻译工作的酬劳为他们购买了一台彩色电视机，以替代他们陈旧的黑白电视机。这段时间内，虽然我并非一直都身心愉悦，但情绪也算稳定了下来。大学毕业后，我很少出去社交，既因为缺少机会，也是为了省钱。现在，我需要呼吸新鲜空气，去跳舞，去聚会。年后，我搬到离市中心更近的一所公寓内，并开始报名参加拉丁舞课，这也成了一个让我充满激情的爱好。

在这种心态下，我在北京法国工商会组织的一次鸡尾酒会上，认识了多米尼克。那是八月底一个炎热的夜晚。在首都时尚街区之一的三里屯、一家非常别致的酒吧内，在盛满法国葡萄酒的酒杯中，我与这个风度翩翩的男人一见如故。他拥有一双湛蓝的眼睛，比我大十岁。他不久前刚来到北京，就职于一家在亚洲积极发展业务的法国工业企业。

多米尼克最先发现了我，过来与我说话，手中拿着一杯香槟。我对这一举动并不失望：他那在中国人中极为罕见的蓝眼睛，让我怦然心动。它们让你想潜入其中。他身材高大，有一头深色头发，肩膀宽阔，面孔既冷峻又使人安心。我们就各自的生活交换了一些平庸的话题，不过时间已晚并且我感觉疲劳，因此无法充分交流。多米尼克感觉到了这一点，他提议一周后在朝阳公园附近的一家酒吧内再次见面。我欣然接受。

再次见面时，在两杯科罗娜啤酒前，他体贴和细心的态度吸引着我。我们就彼此的职业经历交流了一些无关紧要的细节，是时候讨论更为"严肃"的话题了。我喜欢那些知道自己想要什么的男人，多米尼克很快就向我吐露了心声。

"我已经单身三年多了"，他用深沉而诱人的声音说。"在新加坡，我和一个中国女孩交往了很长时间，但我离开了她。几个月后，我得知她要结婚了。那个时候我才意识到，我真的很爱她，我不应该离开她。我的心碎了。我尽一切努力让她回来，但为时已晚。我花了三年时间才忘记这个故事，我失去了爱的能力。我刚刚才从这段经历中恢复过来。"

他的故事和他脸上的表情散发着忧郁的气息。看到这个身材魁梧、外表健壮的男人变得如此脆弱，我非常感动。他的真诚是毋庸置疑的。毫无疑问，他也渴望建立一段稳固的关系。没有任何戒备，我让自己坠入他的魅力之中。我毫不犹豫地向他倾诉我与坤断绝关系后的寂寞。他专注地听着，那蓝色的目光如此深邃，让人想沉浸其中。

夜晚轻柔地继续着，酒吧的音响播放着灵魂乐和爵士乐歌手莎黛的《伴你左右》，这是我特别喜欢的一首歌曲，与当下的愉悦体验完美契合。如同行星对齐，一切各就各位。多米尼克温柔地吻着我。我没有反抗。这一刻是完美的。法国人与生俱来的浪漫主义，他们在典雅爱情方面的天赋，所有这些都不是传说。当我们两人的嘴唇分开时，莎黛悠扬的声音继续在回响。我们的双手交织在一起。我看不出有什么可以将它们分开。

"你想和我一起过夜吗,朱丽叶?"

他的语气变了。他的眼神也是:更加直接,少了一些沉思。我把手从他的手中移开。我对男人的经验很少,但我知道这种建议意味着什么。那瞬间的魔力忽然消失了。

"不,我不想,对不起。"

"为什么?"

"我们才刚刚认识一周。"

"但这已经很长了,你不觉得吗?"他坚持道。

"嗯,不,我不觉得。无论如何,对于像我这样的中国女孩来说,一周是很短暂的。"

"你觉得我们还要再等多久?"

"我不知道。在中国,在与一个人过夜之前,得等上几个月甚至几年。"

这一次,他已经不是惊讶了。他看起来完全被吓坏了。

"几……年?"

我并不局促不安。

"耐心是一种伟大的美德,你不觉得吗?"

他默不出声。我因此推断他的回答是"不"。

"你为什么这么固执?"他继续问道。

"因为我还是个处女!"

他张大的嘴巴表明了他的惊讶。我看不出我刚刚披露的实情有什么特别之处。我今年二十三岁,还是个处女。这有什么古怪的?

"我明白了，"多米尼克终于说道，但仍然一脸茫然。"但你不是告诉我你有过男朋友吗？"

　　"是的，但我们在那方面什么也没发生。我要告诉你的是，在中国，三十岁还是处女的女性并不少见。顺便问一下，你第一次是什么时候？"

　　"那时我十五岁。"

　　"十五岁？十五岁的时候，怎么会想这样的事情呢？在那个年纪，我离考虑这些东西还有十万八千里！我只对学习感兴趣！"

　　"嗯，现在终于到了你应该对别的事情感兴趣的时候了……"他终于露出了一个贪婪的笑容。

　　我确信埃德蒙·罗斯坦绝不会认可这样的台词。

8　渣男

在中国,我们不会在女性的贞洁问题上开玩笑。原因众多而古老。在封建社会,女性的地位低于男性。其象征就是众所周知的"三寸金莲"。在许多个世纪中,中国女性被父母强迫缠足以使其显得娇小。据说在当时这是一种美的属性,但真正的动机可能在别处:她们的脚因此变形,于是步行成了考验,奔跑成了折磨。在这种情况下,女子不可能出门去见追求者,无法在住宅附近散步,更不用说逃跑了。

在过去,这种对于"纯洁"的痴迷,首先体现在婚前要保持处子之身的义务上。到了婚配的年龄,已经失身的女人瞬间失去了"价值"。在世俗的眼中,每个女人只能有一个"主人",也就是夺走她童贞的那一位。摘花是一种宣示所有权的行为,这是中国人曾经在很长时间内的逻辑方式。虽然这种对女性的看法在今天的中国不再流行,但贞洁的美德对某些人来说仍然必不可少。并且,在中国女性的眼中,童贞被认为是不可轻易放弃的珍贵之物。就我而言,我不会投身于生命中第一个、又或者第二个男人的怀中,如果他的感情——以及我的感情——的真诚度没有经历过坚定的考验。

在第一次被搞砸的约会后，我对多米尼克并没有任何特别的怨恨。我将他的热切归因于我们之间的文化差异。如果说我稍稍被他的热情灼伤，我仍然非常喜欢他的陪伴。时间会证明，我们的关系是否能走到严肃的阶段，那时才能说服我迈出亲密接触的那一步。不过，他必须有足够的耐心让我可以考虑这一切。

距上次交流一周之后，我们在一家酒吧的拉丁舞会上再次见面。我们欢笑，我们跳舞。我们之间的默契又回来了。还有那温柔的吻。深夜降临，我们两人已经玩得筋疲力尽，他没有向我重复与他一起过夜的要求。"我明白耐心的重要性。"他肯定地说。看来，我没有把他拒之门外是对的，西哈诺当时可能并没有离开那么远。

我们的约会每次都如此柔情似水、纯洁如玉，如此这般持续了两个月。一天晚上，我打电话给多米尼克，心血来潮地提议出去玩。一个声音在电话那头回答，但并不是他的声音。

"你是谁?"女声用普通话问道，语气咄咄逼人。

"应该是我问你这个问题，因为你用的是别人的电话。"

"我是多米尼克的女朋友!"

我没有立即意识到刚刚听到了什么。

"你搞错了吧。他在和我约会。"

"听着，我没有搞错。不要再给他打电话了，他很忙，你会打扰他的。"

她听着太自信了，不像在说谎。这一次，一切都清清楚楚。多米尼克完全不把我放在眼中。他原来根本不想等待什么。也许，他第一次接近我时，已经和这个女孩子在一起了。有什么东西在我内心破碎了，但现在还不是转身就走的时候。

"多米尼克不在乎你，就像他不在意我一样。他脚踏两只船。"

"你说什么，"那个女孩反驳道，"你嫉妒我，仅此而已。"

"相信我。我不怪你，我只是对他很生气。你记一下我的电话号码吧，有空就给我打个电话。我们冷静地讨论一下，就你和我。"

我火冒三丈。我的腿像踩在棉花上一样，但愤怒还不至于使我崩溃。我感到被背叛，被羞辱。他真是个混蛋。第二天，我给多米尼克打了好几次电话，他都没有接。我需要报复，立刻报复。我上网访问了一个招聘网站，编造了一个非常具有吸引力的招聘广告，关于一个薪水惊人的营销经理职位。我在页面最下方留了他的电话号码。在两个房地产广告网站上，我又进行了同样的操作，在那里我将他任命为希望以低价出租两套一流公寓的负责人。两天后，他的号码显示在我的手机上。"我的电话被打爆了，你到底做了什么？"起初我假装无辜，然后我忍不住放声大笑。"你换个号码就行了，蠢货！"第二天，一位年轻女士致电我，希望申请那个超级诱人的营销职位。"多米尼克告诉我，您负责挑选候选人。"她和我说。"那他一定弄错了电话号码。您可以再给他打个电话以了解更多详情。"我建议道。她热情地向我致谢。

同一天晚上，我删除了我发布的所有在线广告。我小小的复仇计划完成了，但我还没有完全平静下来。我不知道还能做什么来消除多余的愤怒。我一个人前往朝阳公园附近的那家酒吧，那是我和多米尼克第一次接吻的地方。悲伤笼罩着我。我不明白。是的，我没有把我自己交给他，但我也向他表现出了自己的爱意和真诚。所以这些都不算吗？欧洲人有时断言中国女性是拜金和贪婪的。我没有向他索要过任何礼物，而且我总是为自己买单。那我应该怎么办？我是否犯了错误，如果是，是哪一个？如果换作其他许多男人，他们将会很乐意在双方关系走到那一步前等待一段时间，而我也会保证我的感情是真挚的。总之，很多中国男人会这样。多米尼克的行为能代表所有的法国男人吗？我拒绝相信，不过，还需要更多的时间来抚慰我的失望。

两周过去了。一天下午，我接到一个叫青的女人的电话。是那天用多米尼克的电话回复我的女孩。她打算接受我的见面提议。她说她觉得我没有敌意，也想知道这场误会的幕后一切——或者，更确切地说，这场骗局的幕后。第二天下午，我们在三里屯的一家酒吧内见面。我先到达，选择了一张靠近窗户的桌子坐下，猜想我的"情敌"长得什么样。过了片刻，一位身材高挑、气质优雅的二十多岁的美女推门而入，环顾四周。是她，我确定。我向她挥手，她向我走来。近看她更迷人。

"你好，青。坐下吧。"

"很高兴你来了。"

我们都有点不知所措。我们之所以今天在一起见面，是因为被同一个渣男欺骗。

"多米尼克有没有告诉过你，他和另外一个女孩约会？"青问。

"当然没有。你呢？"

"也没有。不过，我注意到他很好色。即使在他给我买冰淇淋时，他也忍不住朝售货员暗送秋波。在我看来，除了我们之外，肯定还有其他女人。"

"真是个混蛋！"

我们都沉默了。服务员带着我们点的两杯啤酒重新出现，把它们放置在桌上。我端起瓶子直接开喝。青则小心翼翼地把酒倒进杯中，不慌不忙地端到唇边。她一缕长长的黑发差点要沾到那层白而轻的泡沫。我把头转向窗外。树木正卸载最后的枯叶。冬天来了。

"你爱他吗？"

她没有料到我会提这个问题。

"不爱，"青回答，神情惊讶。"你呢？"

"我不知道。我希望不爱。这些天我睡得不好。"

我们再次沉默了。我问自己，此刻她的脑子里在想什么。她模棱两可的目光表明，她对我们都成为受害者这一打击并非完全无动于衷。突然，她直起身子。

"我要忘记这段故事，去加拿大留学。"

"我也是。我想说，我希望能去法国。"

我们心照不宣地彼此微笑，开始讨论起各自的留学梦想。直到夜晚结束，我们都没有再提起多米尼克。离开时，我们已经变成了好朋友。

圣诞节即将来临。在中国，这个节日已经流行起来。在购物中心和商店的橱窗中，雪橇和花环处处可见。从这种西方传统的输入中，商人们首先看到了赚得盆满钵满的机会。年底，音乐剧《巴黎圣母院》在北京人民大会堂上演。我邀请云一起前往观赏，她对于这个提议兴高采烈。歌剧演员们用法文原版演唱，场面之精美令人眼花缭乱。布景、音乐、文字，一切都如此完美。驼背的卡西莫多对吉普赛人爱丝梅拉达的感情是如此真诚、如此纯洁、如此无私。

云和我离开大会堂时，又开心又深感震撼。我忍不住抽泣了几下，但云更为感动：她用完了两包纸巾，泪水从她的脸庞滑落，她的眼睛泛红。

"我从未见过如此美丽和浪漫的事物。"她用鼻子使劲吸着气，评论道。

我点头认可。我对真爱的信心又恢复了。

"你看，云，我认为只有法国人才能写出这样的故事。"

9 最后一支舞

　　与多米尼克的分手让我辗转反侧，并在我的日常支出中增加了"纸巾"的预算。但是，和往常一样，一旦风暴过去，我又恢复了斗志和乐观精神，就好像什么事都没发生过一样。和往常一样，正是在工作和对目标的追求中，我找到了重新出发的动力。

　　法国知名商学院的国际联考每年举行一次。它允许来自世界各地的学生加入五所学校：HEC、ESSEC、ESCP、EM Lyon 和CERAM 尼斯高等商学院①。候选人首先必须提交申请材料；一旦被选中，接下来就需要参加第一轮笔试筛选：TAGE MAGE，一种管理能力测试，对应英语版的 GMAT，侧重于推理、分析、数学和语言能力。之后，通过笔试筛选的申请人必须再通过一次面试，让主考官更好地了解自己的背景、能力和深层动机。

　　2003 年 1 月上旬，在十八个月财务上的节俭后，我参加了筛选竞赛。在考试前的几周内，我一下班就开始复习。我不是那种相信偶然因素的人。随着考试的临近，我不由得紧张起来。自从高考以来，我从未如此焦虑过。我已经不习惯这种学校比赛的气氛

---

① 自那时起，这份名单逐渐发生了一些变化；2009 年，CERAM 尼斯高等商学院与里尔高等商学院（ESC Lille）合并，成立了 SKEMA 商学院。

了。在这种焦躁不安的情绪下,我购买了一条吊坠,里面有一只象征我生肖的小山羊,它可以绕轴旋转 360 度。迷信的说法是,这能够"转动好运和成功"。这个秘诀奏效了:我考试取得了好成绩,并收到邀请,参加两个月后举行的面试。

随着春天的到来和燕子的出现,北京呈现出前所未有的面貌。公共汽车和地铁里,往日每天跨大步经过的几百万乘客逐渐消失不见。大街上,行人们佩戴着医用口罩,彼此保持安全距离。数周以来,重症急性呼吸系统综合征(SARS)变成了各家报纸的头条新闻。其最初的病例由一种侵袭性很强的、影响肺部的病毒引起,于冬季时在广东省被发现,之后传播到整个中国。3 月 12 日,世界卫生组织发布全球疫情警报。问题是,病毒的传染性非常之高,可以通过与携带者的接触进行传播。仅仅与病人交谈似乎就足以被传染。"听说有人和病人搭乘电梯时被感染了病毒,两个人都死掉了!"我的一位同事肯定地说道,这加剧了恐慌的气氛和我自身的焦虑。

当时采取的措施包括禁止城市的居民返回老家,直至另行通知,以尽可能地避免病毒的传播。我的父母在乡下感觉更安全一些,但他们非常担心我,就像我担心他们一样。这场危机对我有一个奇怪的反作用。它最终让我更加从容淡定。我突然意识到,在追求梦想的同时,不能忘记最重要的事情:你所爱的人的健康和幸福。

很快,我就准备去参加法国商学院的面试。通知上注明候选人必须佩戴口罩。当我到达考场时,我注意到考官们也遵循了同样的指令。起初我担心气氛会很沉重,但当他们看到我们人人都如此遮盖面部时,气氛瞬间破冰了。面试团队由三名考官组成,包括两名在法企北京分部工作的年轻中国高管和一名白发苍苍的法国外交官。我提到了年少时期对于法国文学的兴趣、对于挑战的热爱,表示我渴望发掘大千世界和不同文化,以及希望将来在中法商界工作。考官们还问了几个关于我的职场经验和国际经济学知识的问题。从他们眯起的眼中,我猜到了考官们在面具下的热情笑容。在这场热烈讨论的推动下,现场唯一的法国人最终摘下了口罩。面试以非常愉快的方式结束。

5月,疫情高峰期过去。街道正在逐渐恢复生机,公共交通也开始载客。一个月后,我查询网上公布的考试结果。输入个人信息后,我心跳加速。自从北大毕业后,我就有一种停滞不前的不快感觉。并且这也有充分的理由:为了准备前往法国,我已花费了将近两年的时间。现在,我很快就会知道这些努力是否得到了回报,或者是否最终一无所获。我不可以失败。我在中国心情愉悦,我爱我的祖国,我知道我可以在这里过上幸福成功的生活,但我要在更广阔的天空实现施展才华的梦想,我想在世界上一个我不认识任何人的地方生活。我很好奇自己将如何应对一切和超越自己,生根发芽。我也知道,如果今后我想回国工作,那么在国外积累的有价值的经历可以成为我的职业加速器。

结果显示在电脑屏幕上。我眼睛瞪得似乎就要从眼眶中跳出来了。全中!我申请的四所法国商学院,都已经准备好欢迎我加入他们的行列,包括 HEC!我从头到脚都被一股温暖和愉悦的浪潮包围着,如此强烈的感觉以前只经历过一次,就是当我得知被北大录取时。我品尝着这个难得的时刻,感受着纯粹的幸福感和理所应当的骄傲感。这不是一般意义上的快乐。这是一种深深的解脱感,包括身体和灵魂;这是一个最终的信号,证明我的耐心和牺牲已经带来了预期的回报。

一回到办公室,我就向我非常欣赏的法国老板让-皮埃尔宣布了这个好消息。他四十多岁,脸庞柔和而给人安全感,头发卷曲,有着一副安静的父亲般的气质。我不希望引起他不满,于是主动提出帮他找人替代我。

"一般来说,员工的离职会让我气恼,但这一次,我为你感到由衷的高兴,尤其是,我自己也是 HEC 的毕业生。"他坦率地笑着说。

"我之前不知道! 你对这个学校保留了什么样的回忆?"

"这所学校赫赫有名,因此是一张很出色的名片。但我要提前告诉你的是,学生们会在一些相当封闭的小团体内打交道。有时候很难进入这些圈子,尤其对于外国学生来说。"

他的话让我大吃一惊。

"在这么有声望的一所国际化学校,里面的学生不应该是思想很开放的吗?"

"不用担心,一旦你到了那里,你就会知道到底怎样了,按部就班吧。现在,当务之急是为你组织告别派对!"

*

在等待与同事一起庆祝这个好消息时,我决定与朋友们一一聚餐道别。在几个月都没有外出娱乐之后,我也想重新拾回一点社交生活。安托万的电话来得很及时。

大约一年前，我在一场中法音乐会上认识了法国人安托万。他是一家法国公司的销售经理，脸部微圆，看起来很容易相处。没到演唱会结束，他就向我坦然表示他喜欢我。我礼貌地倾听了他的坦白，但没有跟进。他对我的拒绝惊讶无比。他一定认为自己的魅力是无法抗拒的，仿佛对于一个中国女人来说，和一个法国男人约会是一件无比荣幸的事情。在北京小小的中法圈子里，据说有一位五十岁的法国人高管，在法国女人那里处处碰壁，但自从到了中国以后，他经常更换女友。这是真实的事件，但我们也没有理由一概而论：在我们两个国家里，无论男女，都有轻佻之人。

　　我本来很愿意将这个无始而终的爱情故事变成一段纯粹的友谊，但当时在遭受第一次失望之后，安托万就不再联系我了。而那天晚上，他的电话无疑表明他改变了心意，并且将我当作他的朋友。他邀请我去他家吃晚饭，那是位于首都一个热闹街区的公寓。我敲响了他家的门，手中拿着一瓶葡萄酒。打开门时，我看到安托万经过精心打扮。就我而言，我尽量穿着得体——长裙加衬衫——但并没有太多打扮。

　　进门后，我看到客厅中央的小桌上点着两支蜡烛。只是朋友间共进晚餐，这种气氛显得有点奇怪。快速喝完开胃酒后，我们坐下来吃饭。又一件奇怪的事情：安托万不在我的对面，而在我的左边就座。他随后溜进厨房，端着两盘意大利面回来。我几乎还没来得及拿起叉子，就感觉有一只手落在了我的腿上。所有的暧昧迹象都在那里，然而，这种粗鲁的行为只会大大增加我的尴尬以及我的愤怒。

　　"拿开你的脏手！"

"我的手是干净的,我在做饭前洗过。"

这一次,毫无疑问:他把我当作了傻子。

"你为什么允许你自己做这个动作?"

"你不喜欢我?"

"不喜欢。"

"那你为什么要接受我的邀请?"

"出于友谊!"

"但是如果你同意和我一起吃晚饭,那是因为你同意和我一起过夜,不是吗?"

"什么?谁能往那种事情上去想?"

"所有人。所有人都知道这一点。"

"我从来没有从任何人那里听过这个。"

"不管怎样,法国人都是这种行为模式。"

"我们在中国,不是吗?在这里,你看,我们可以与异性共进晚餐而不一定事后要发生关系!"

看来多米尼克对我的背叛还不够。要么我的运气不好,要么法式浪漫主义是几十年来作家与电影制作人共同维持的一场骗局,巴黎知名香水品牌也是他们亲切的同谋。从我与法国男人的最初互动中,我必须吸取的两个教训是:如果你拖着不和男朋友上床,他会欺骗你;与男人共进晚餐,意味着你同意在甜点之后与他上床。我心目中的法国浪漫主义形象,刚刚经历了两次残酷的现实打击。

我用阴沉的眼神看着安托万,因为信任再次被辜负而感到恶心。他看起来并无悔改之意,在我们的争论结束时,他又一次露出了夸张的笑容。我抑制住干呕。就好像之前的对话从未发生过一样，他再次把手靠近我的腿部，无视我的命令，坚信他的魅力是无所不能的。这一次，没有必要再争论了。我直截了当地推开他的手，拎起我的包，离开公寓，"砰"的一声关上了门。在回家的路上，我尽全力克制住了想放纵啜泣的冲动。这一篇章不值得我郁闷，但它却复活了我与多米尼克分手的痛苦回忆。我之前寻找一点爱恋，但现在我仅仅要求得到尊重而已。

光阴似箭。我把我的东西装到一个个纸箱里，再寄给我的父母。在起身赴法之前，我将很快离开这个居住了六年的大城市，回到我的家乡。那天晚上，我去参加法国驻华使馆文化处组织的一场鸡尾酒舞会。和几个熟人一起举杯时，我在欢快的人群中看到了一张熟悉的脸。是多米尼克。他与一小群法国人正在交谈。看到他如此和气，如此轻松，我的心沉了下来。这时，舞池空场了。我刚认识的一位年轻的中国女孩注意到了这一点，她拉住了我的胳膊。

"来吧，我们去跳舞吧！"

"好的。"

这是个理想的机会，可以让我无需与多米尼克交谈就让他注意我。我们登上院子中央的平台。我的拉丁舞课和我在北大的岁月已经使我变得更为外向活泼。我们占领了被弃用的舞池，开始了活力四射的舞蹈。数十名来宾停止了他们的谈话，一个接一个将目光转向我们。我的搭档也表现不俗。我们两人之间的化学反应是彻底的，目瞪口呆的观众很快就对我们目不转睛。我确信多米尼克不会错过这场演出的一点一滴。我闭上眼睛放松，让音乐占据我的身体。

跟着这种疯狂的节奏，两首歌曲足以让我们筋疲力尽。我和我的搭档在来宾们热烈的掌声中走下舞台。我感觉多米尼克的眼睛一直跟随着我。我希望给他留下了深刻的印象。也许他会认为他不应该让我这样的女孩溜走。不过已经无关紧要了。我小小的舞蹈并不是一种苦涩冷酷的报复。恰恰相反：它让我平静下来。我甚至有一种感觉，这可以让我彻底翻篇。

晚会即将结束。我向一群朋友挥手告别，走向门口。我脚步轻盈但已疲惫不堪。一只手搭到我的肩上，我被迫停下了脚步。我转过身来，没有半丝担忧：我很清楚哪张脸将要面对我。

"我得知你要去法国继续读书。这是真的?"多米尼克用一种不像他平素风格的关切表情问道。

"是的。"

"你什么时候走?"

我知道这个问题是什么意思。但为时已晚。

"很快。"

我露出一个真诚而平静的笑容。他完美地理解了我要传递的信息。在夜的寂静中，我们两人的目光平静地对视。它们既不交换苦涩，也不交换遗憾。它们只是在作最后一次道别。

"一路顺风，多米尼克。"

我继续上路，高昂着头颅离开了院子。

10 城市之光

一缕光束穿过舷窗，温暖了我的眼睑。太阳正在法国上空升起。在上海—巴黎航班上的大部分时间内，我都在睡觉。我把昏昏欲睡的目光投向窗外：天空还是漆黑一片。现在是 2003 年 9 月 16 日，法国时间早上 6 点。乘务长拿起麦克风，宣布飞机开始向巴黎方向下降。"光之城"的召唤让我完全摆脱了昏沉的状态。几分钟后，南航的飞机将结束十一个小时的飞行，降落在戴高乐机场。几分钟后，我发掘大千世界和追逐卓越的梦想就会照进现实。我生命中的一页即将翻篇，新的一页即将开始书写。

在被宣布我在考试中胜出后，我自然而然地选择了巴黎 HEC 商学院。之后，我的热情稍有减弱：我计算了第一学年必须承担的费用，但我的存款仍然不足。我首先向商学院申请并成功赢得了奖学金，这使得我第一年的学费减半，也让我能够用节省下来的钱购买了人生中的第一台笔记本电脑。再之后，虽然我一直尽力避免麻烦父母，但这一次仍不得不寻求父母、大家庭，以及两个朋友的帮助，以便凑齐足够的资金。十天之内，得益于这种巨大的团结精神以及我自身的积蓄，至少第一年的费用问题得以解决。和我的大多数同胞一样，我将通过带薪实习自行负担第二年的费用，然

西哈诺、孔子与我

后借助于中法文化年获得埃菲尔奖学金。

我从座位上站起来，环顾四周。我想与乘客、空姐、飞行员以及全世界，分享我的兴奋之情。机舱里大多是中国人，还有少数法国人。每个人都打着哈欠，伸着懒腰，揉着眼睛，仿佛对刚刚宣布的消息无动于衷。这怎么可能？巴黎！她的纪念碑，她的博物馆，她的历史，还有这种爱与浪漫的芬芳，飘荡在空气中，吹进她的每一条街道中……我的思绪迷失在我想象的城市迷宫中，心儿狂跳不止。

"小姐？您听见了吗？请抬起您的座椅靠背。"

"是的，当然。"

在重拾白日梦之前，我有点尴尬地照做了。

我不是唯一一个即将在远离家人的地方开始新生活的乘客。在我身后几排，坐着我的三位同胞，其中有两个男孩——刚和华——还有一个女孩——梅。他们也准备进入这所法国知名商学院求学。几周前，我们通过一个互联网论坛取得了联系，这个论坛汇集了对留学法国感兴趣的中国人。梅是此次法国五校联考的冠军。她来自我老家隔壁的一个省份，和我一样毕业于北大。她是个非常出色的女孩，乍一看有点严肃，头发扎在脑后，戴着薄薄的眼镜，但非常友好热情。刚，身材魁梧，体形微胖，来自武汉地区。他忠实地保持着"勤俭节约"的中华优良传统：他本来携带了厨房用具以免在法国购买，但刚才在机场，他不得不把它们从过重的行李箱中取出来。至于华，他和梅同省出身，个子瘦小，说话矜持而谨慎，每次开口前都斟酌再三。

飞机落入一段厚厚的云层当中。我把鼻子紧贴在机窗上，看到远处的巴黎依然在沉睡中，被闪烁的灯光笼罩着。在这个早晨，这座城市是如此魅力四射。但我的兴奋随即消退了，我的心开始沉下去。我想起所有曾经走过的道路，想起这两年的紧张工作，想起所有为此作出的牺牲，想起我贫困的童年，想起我留在国内的父母。昨天，他们一直陪伴我到车站。我们互相拥抱，这是我们平时很少使用的标志热烈情感的仪式。我登上汽车，眼泪涌了上来。但我立刻强忍回去，拒绝让自己淹没在这种情感中。我必须在父母的眼中保持坚不可摧的岩石形象。车窗外，他们带着凝固的，甚至是勉强的笑容，躲避着我的目光，似乎那也是他们控制感情的一种方式。公交车启动了。我一刻不停地盯着他们。看着他们一动不动的身影渐渐远去，我的眼泪夺眶而出。在他们再也看不到的地方，我终于可以尽情落泪。我想起法国歌手米歇尔·萨尔杜那首动人的歌曲：

> 我亲爱的爸爸妈妈
> 我走了
> 我爱你们但我要出发
> 今晚
> 你们将不再有孩子
> 我不逃跑，我飞翔
>
> 请理解：我在飞翔
> 没有烟，也没有酒
> 我飞翔，我飞翔
> ……

西哈诺、孔子与我

飞机降落在戴高乐机场的跑道上。乘客们大声欢呼飞行员的成功操作。下飞机后，我们四人小组进入通往海关的队列。窗口后，两名法国警察在检查非欧洲国民的护照和签证。轮到我了。我没有理由紧张，但警官冰冷疲倦的目光并不太热情。

"小姐，您要去哪里？"

"我是一名学生，我要去 HEC 商校读书。"

"很好。HEC 在哪里呢？"

这并不是一个无关紧要的问题：他想确认我不是在编造故事。我带着平静和自信回答，无可指摘。

"在茹伊昂若萨斯。"

我的对话者咧嘴一笑，表示认可，把我的护照还给了我。

"欢迎来到法国。"

开车送我们去校园的，是华的一位巴黎朋友。太阳出来了，但天气还有点冷：这个九月，巴黎的温度在十度左右波动，而我父母所在的老家有二十度左右。我穿着朴素的毛衣和外套，但我着装的一些细节反映了我雀跃的心情：一条绣有太阳状图案的牛仔裤、一顶紫色帽子。我兴奋万分，我迫不及待地想见到未知世界！

在去往校园的路上，我们睁大眼睛，仿佛发现了世界第七大奇迹。我对一切都很好奇：方向标、广告、建筑风格……我们沿着高速公路穿过巴黎北郊，那里单调而灰暗。快车道相互交替，一直抵达首都西南大郊区的茹伊昂若萨斯。然后，我看到了法式风格的乡村。相对于我老家的村庄而言，这里首先让我印象深刻的是绿化的丰富程度，其余的并没有太大的不同：田地、奶牛、农舍……法国和中国的农村地区有着意想不到的共同点。

经过近一个小时的路程，进入茹伊昂若萨斯的路标出现了。我们经过一个大农场，又看到一家假日酒店，然后终于到达了 HEC 校园。如果说，北大与美国大学的校园气氛类似，那么这里的气氛则完全不同，尽管并不缺乏魅力：四周是大片的田野，校园内有一些大型的现代化建筑、一个非常宽敞的体育馆、一座位于小山丘脚下的小城堡。整体看起来相当不错。

第一站是国际学生办公室，在那里我们领取了房间钥匙。我们的房间位于相邻的 B 和 C 两幢住宅楼。另外两个男生帮助梅和我提起沉重的行李箱。我的房间在四楼①。我扫了一眼小小的单间公寓：总共大约十八平方米，看起来很像北大的留学生房间。入口处有一间浴室，需要与隔壁邻居共用；屋里有一张带软床垫的单人床，一张大书桌，一个嵌在墙上的大橱柜，以及两个小书架。整体相当漂亮。但令人惊喜的是房间外部：有一个可以看到树木的小阳台，隐藏在被秋风吹动的绿色窗帘后面。我对于这个舒适的生活环境感到非常满意。房间里就剩我一个人，一阵温柔而突然的睡意袭来，我犒劳自己洗了个热水澡，然后钻进被窝，立马睡着了。

我睁开仍然麻木的眼皮时，房间内仍然漆黑一片。我看了下手表：现在是凌晨两点。我拉开阳台的窗帘，眯起眼睛。皎洁的月光让校园沐浴在一片耀眼的白光中。深蓝色的天空下，树木似乎在默默地注视着我，仿佛在猜想我这个时候在做什么。时差战胜了我充分利用第一天的想法。

---

① 中国的四楼，相当于法国的三楼。国内的楼从一层开始，法国的楼是从零层或者底层算起（法文为 rez-de-chaussée）。

西哈诺、孔子与我

我饿了。我打开行李箱,从前一天晚上的零食中取出一块剩下的面包,又回到床上。我没有倦意。思乡之情突然袭上心头。我想起我的父母。也许他们也正在思念着我?此时,太阳已经从东方升起。我想和他们说话,但我没有手机或电话卡可以打回国内。我得先去巴黎十三区买一张国际电话卡,那里是巴黎大部分华人聚集的街区……疲劳再次袭来,我又一次睡着了。

当我再次醒来时,我的房间已经沐浴在阳光之下。我听到窗外鸟儿的啁啾声和吹过树木的风声。我拉开窗帘,外面阳光灿烂。宿舍楼下,两个学生正在互相交谈,介绍彼此,但我听不清他们在说什么。夜间的伤感在一瞬间消散了。这个世界多么美好!

梳洗完毕后,我前往位于校园角落边的食堂吃早餐。食堂又大又亮。一张长桌上摆放着面包片、烤面包机、麦片、各种果酱和热饮,还有一些碗。我选择了烤面包,这对我来说颇具异国情调:在中国,面包几乎总是柔软的。我很快就对它酥脆的质地上了瘾,用它来搭配黄油,一切完美。

我看到了刚、梅和华。我们把托盘放在靠近窗户的桌子上,以享受好天气。大约一百多名学生正埋头吃早餐,我们和其中的几名中国人热情打着招呼,我们四人组也引起了同胞的好奇心。很快,我们一共八名中国人就共享了一张桌子。一个正在寻找座位的法国学生看到我们这群人,忍不住用谨慎的目光盯着我们,仿佛在说:"这些中国人真是无处不在!"

"我们可以去哪里买食物?"刚大声问大家。

"茹伊昂若萨斯有一家小超市,"过来和我们坐在一起的三年级学生夏回答说,"但是注意,你们得知道,在法国,所有商业点周日都关门:超市、邮局、银行……"

我们睁大眼睛,面面相觑,颇为困惑。为什么法国人星期天不工作?在我们国家,所有商业点每周七天营业。购物中心、商店和超市也常常在深夜9点或10点才关门。在大城市,找到一家凌晨3点仍营业的餐厅并不是件稀罕事;而许多小型便利店则会全天24小时营业。

因此,周日休息是我必须适应的第一个法国习俗。而我很快就面临了第二个习俗:使用刀叉。我们中国人不习惯用这些器具,这已经不是什么秘密了。这并不是什么不可逾越的困难,但这种新习惯所要求的双手灵巧度和同步协调对我来说并不自然,需要稍加练习。筷子的使用对于中国人来说理所当然,因为食物已经被切成可入口的小块,我们能够直接用筷子将其夹住而无需任何额外的操作。将切食物这个吃力不讨好的任务托付给食客,法国厨师是比我们的厨师更为懒惰吗?

白天,我参观校园并处理行政材料。晚上,我回到房间,发现了一份来自学校宿舍管理部门的文件。我很好奇,我原以为一切都办理妥当了。我拿起材料,上面写着:"入住时房屋状况检查"。这是我从来没见过的。翻阅文件,我才知道这用来记录住处家具和物品的清单及其相关状况:墙壁、地板、天花板、窗户、窗帘、床、床垫、桌子、书架……每次,都必须在"崭新的、良好的、陈旧的"之间进行选择,并在必要时添加更详细的评论。文件的其余部分还规定,我必须购买住房保险。

这种过度的预防措施让我感到惊讶,但我尽力让自己乐于处理这杂乱无章的物品清单。在北京,我一直租住房屋,房东们从不会用这种官僚主义自寻烦恼。一旦我支付了第一笔租金,他们就交给我房门钥匙,也不会有进一步的手续。在谈判租赁合同时,只有可能存在的屋内陈设的重大缺陷会被双方注意到,在退租时房客也只需报告重要且明显的物质损失。我们不习惯为一个碎灯泡这样的细节斤斤计较。对于我们来说,起码的尊重和善意就足够了。

一周后学校才开课。在等待过程中,我把时间花在发掘法国的学生生活上。一天上午,银行和医疗补充保险公司受邀来校园展示他们的产品和服务。在一家银行展台前,一位顾问告诉我:"如果您在我们这里开户,我们会赠送给您 25 欧元!"钱从天上掉下来? 这个人疯了! 在中国,银行若是冒着风险提供这样的促销优惠,将会在二十分钟内破产。

等待开学这个阶段的最大亮点,是学生会在学校最主要的圆形教室内举行的大型会议,校长也在场。目的是向学生们介绍他们可以参加的各种学校活动。大教室内的气氛十分热烈,或者说,有点乱哄哄。学生会的成员拿着麦克风,毫不犹豫地用随性的方式表达自己,甚至还去调侃校长,而后者似乎也并不惊讶。这在我的国家里是不可想象的,在那里我们总是对老师和上级表现得毕恭毕敬!

但这还只是小菜一碟。会议的高潮部分是学生会自己制作的一部短片。在一些欢乐场景之外，观众们看到一名学生正在学校的打印机上复印他的屁股。众人哄堂大笑。我有些不解：他想通过这样的行为来证明什么？是他有一个漂亮的屁股，还是打印机显然非常高效？

特别是，一个似乎没人提及的问题困扰着我：短片拍摄后，有人去把那台打印机擦干净了吗？

西哈诺、孔子与我

11 神奇的词语

这是我抵达法国后的第一个周末。周六早晨,我很早就起床,和我们班的刚、华、梅以及其他几个中国同学,一起前往巴黎参观。在通往巴黎市区的 RER 郊区列车上,我们兴奋不已。现在,我们终于将亲眼看见那些只能在书本或者电影里欣赏的法国首都的旅游景点了!

在火车上,我们开始研究地铁和郊区列车的地图。在来巴黎之前,我无法想象一张简单的地铁图能如此复杂。它看起来就像一盘炒面:不同颜色的地铁线驶向四面八方,彼此擦肩而过,纵横交错。酷似一座巨大的迷宫,其唯一的目的是让那些冒险闯入的人迷路。但很明显的是,巴黎人从中获益多多。这让我印象深刻。法国人肯定很擅长发明错综复杂的东西,我的敬佩之情油然而生。

在北京,交通图更为简单直观。两站地铁之间的距离更长。地铁线以水平或垂直的方向穿过首都,或形成一个正方形。在后一种情况下,不同地铁线的首尾相接形成一个闭环,完美地体现了阴阳平衡与和谐的精神。如果乘客因为劳累一天睡着了而忘记下车,他们可以留在车内,最终仍然会到达目的地。在巴黎,如果不换乘地铁，就永远不可能改变方向回去。一旦错过，就是真正错过了！

我们几个人一致同意先去欣赏埃菲尔铁塔。我们先在战神广场停留，然后在"铁娘子"前拍了第一组照片。她正如我想象中那般雄伟，但长不见尾的队列让我们放弃了登顶的念头，于是我们步行前往香榭丽舍大街，途中穿过塞纳河。到达终点后，我们登上凯旋门的顶部。在众人眼前，十二条长长的笔直大道形成了一颗完美的星星，美不胜收。

我们见到的这座城市的每一处地方都令人赞叹。海明威曾写道："如果你年轻时有幸停留巴黎，那么你的余生无论去往哪里，巴黎永远会与你在一起，因为它是一席流动的盛宴。"他说得完全没错。巴黎是一首永恒的诗篇，一幅活生生的画作，一位美丽精致的女人，她优雅地穿越历史，在我们每一步所到之处都展现出她的魅力。我们在这里看到的一切，似乎都是那么新鲜、那么壮丽、那么迷人！

之后，我们乘坐地铁 1 号线来到巴黎市政厅，在市中心的这个历史街区内漫步。为了继续访问这座美如明信片的城市，我们改变方向想要去参观巴黎圣母院。在手中的地图上，应该朝哪边走对于我们来说并不清晰。一位白发苍苍的老太太正好经过此处。她也许能够帮助我们。

"打扰一下，女士，在哪里……"

她突然打断我的话。

"您好！"

这个强调的"您好"听起来不是很真诚和友好，更像是一种责备。她向我投来的严厉眼神证实了这一印象。我很难理解她不快的根源。她很快给出了解释。

"在法国我们首先要说您好，小姐！"

我羞得脸色通红。我真是个白痴！我觉得有些无地自容。她的话让我想起了我的幼儿园老师。那是一位相当严厉、很有原则的女士，我似乎仍能听到她对我说："注意礼貌，春燕！"我没有试图为自己辩解，重新阐述了我的请求。

"您好，夫人！打扰一下，巴黎圣母院在哪里？"

让她似乎极度重视的这个"您好"立刻产生了神奇的效果。她的脸部和声音瞬间变得温和。

"你们朝着塞纳河的方向走，然后再过桥。之后，你们一直笔直地向前走，大教堂就在你们的左边。"

她伸出手指告诉我们要顺着河道走。在刚才的笨拙行为后，我必须向她表明我已经理解了这个教训。因此我向她致以双倍的感谢。

"非常感谢您女士，您真是太好了！祝您度过美好的一天。"

她似乎非常欣赏这种补救的表现。

"不客气。祝您度过美好的一天，祝您参观愉快！"

我们到达塞纳河边。风景如画的景色美得让人窒息：河流的拍打声，蔚蓝的天空，清澈的云朵，绿色或者染上秋色的树木，尚未掉落的树叶，所有这些华丽的桥梁，还有轻抚我们脸颊的"秋老虎"的微风……真是完美的时刻。远处，埃菲尔铁塔注视着我们，似乎在向我们眨眼。一条游轮从堤岸下经过。船上的游客向我们挥手致意，我们也微笑着，以同样的手势回应。

一整天，我不断地想起有关"您好"的那一段插曲。不得不说，法国人似乎非常执着于使用这个词语。无论在进入商店或者登上公交汽车时，都需要与售货员或司机说"您好"。我记下了这条黄金法则：我再也不会在和陌生人打招呼时，忘记说一声"您好"——"白天好"或"晚上好"！这种对于礼貌规则的严格执行，对我来说是全新的。两个中国人之间打招呼，可以说"你好"或"您好"，或者仅仅以点头或手势示意。我们甚至很少对家人或朋友说"谢谢"或"请"。在中国人眼中，使用这些客套语会在亲近的人之间制造不必要的距离，而为所爱之人付出被认为是件很自然的事情。此外，中国文化是一种含蓄的文化：它注重行动和行为，更甚于直白的口头交流。

　　我将不得不适应这种运作模式。不幸的是，我需要培养的新习惯清单，远不止此。

12 第一步

第一步

我希望她会迈出第一步

我们可以这样互相等待很久

我们可以彼此注视多年

每个人都各自生活

克劳德-米歇尔·勋伯格,

《第一步》

HEC 在法国乃至整个欧洲都享有无可争辩的声誉,提供优质的培训、广阔的职业前景和强大的校友网络。入校前,我梦想能够像在北大那样,在校园的草坪上躺上大半天,在阳光下静静地看书。现实则完全不同:这里是商学院,并非文学院。经济学、金融学、市场营销……各门课程的节奏非常密集。当一个学期开始时,我们很快就会有书面测试或者考试,几乎每周都会进行,直到学期结束。有许多必须由个人或小组完成的作业,还有小组课堂演示。被这所学校录取不是麻烦的结束,而是麻烦的开始! 我的脸上甚至出现了压力痘。

除了节奏之外,另一个无法预料的情况增加了我的焦虑:我有时听不懂讲课的内容。教授们通常语速很快,在最初的几周内我无法理解他们的所有话语。在这里,他们讲的不是我在大学里学到的法语。他们说不同的法语。他们说真正的法语。如果刚开始时我自己没有注意到这一点,那么其他人很快主动向我指出了。

"春燕,你知道你有时候说话像一本书吗?"一天午休时间,一位叫于连的法国同学对我说。

"这是什么意思,'像书一样说话'? 你是说我说话像个知识分子?"

"不,不。事实上,你就像在旧书里那样说话。"

"也就是说?"

"事实上,你有时会使用过于复杂的句式和表达方式。不够'口头化'。"

尽管我努力地想弄懂他的意思,但我仍然不明白他的话源自何方。

"请问你可否给我解释一下?"①

"你看,就是这样! 这是个完美的例子! 你本来可以简单地说,'你能给我解释一下吗?'"②

我明白了。学术法语和日常所用的"口头"法语是有区别的。我的语言水平不错,但太过正式,不适合日常对话。我拿出了笔记本,问于连是否还有其他例子。他似乎很高兴扮演教授的角色。

① 对应法文为"Pourrais-tu s'il te plaît m'expliquer?"
② 对应法文为"Tu peux m'expliquer?"

他首先鼓励我说"ouais"而不是"oui"①。在北大上法语课时，我曾经也这样自由自在地说过"ouais"，但老师总是将我纠正过来。"这样讲话不严肃"，她告诉我。也许在中国是这样的，但在法国，它完全被人接受。我请于连继续。

"要表达'我不知道'，你可以说'j'sais pas'而不是'je ne sais pas'。此外，在否定句中使用'ne'是可选而不是必需的。再比如，'你别担心'，我们更常说'T'inquiète pas'而不是'Ne t'inquiète pas'。你甚至可以说'T'inquiète'。"

"有趣。但这在语法上不严谨。"

"这没关系：只是口头表达！对于疑问模式，可以遵循同样的原则：问对方'你吃了吗?'说'T'as mangé?'比'Est-ce que tu as mangé?'更常见。"

"我懂了。"

我记下他列举的每一个例子，以便日后回忆。这些会帮助我更好地融入法国社会，但这样讲法语对我而言并不自然。我必须忘记我在学校里学过的法语，掌握这些新的规则。看似漫不经心，但其实这是要费心去讲不正确的法语。

"还有其他什么吗?"

"有，"他继续说，"如果你想加入一场对话，去抱怨不要犹豫。"

---

① 两个词在法文中都表达"是"的意思，ouais 非常口语化，有时能表达不重视或者不屑一顾的情绪。

"抱怨？这可不是我的习惯。然后，这也需要一个理由。我不想无缘无故地抱怨。"

"我们在这里就是这样子的。你现在是在法国！另外，我们有一套完整的词汇可以表达不满：'我受够了''这让人厌倦''我不敢相信''婊子''狗屎''狗屎婊子'……你也可以在句尾添加'什么'或者'哦啦啦'，这总是可以的。然后，你可以混合使用这些词语：'哦啦啦，这让人厌倦，我不敢相信，什么！'"

我飞快地记下每一种表达方式，以避免漏掉任何一个细节。词语清单完成了，我仔细观察着我那写满各种脏话和侮辱词汇的笔记本。

"事实上，要像一个真正的法国人那样说话，必须忘掉语法，毫不犹豫地抱怨，表现得无礼，对吧？"

"你全明白了。欢迎来到法国！"

*

我对于法国社会规则的痛苦的学习，远远超出了这个例子。从上课一开始，我就不得不面对所有生活在法国人中间的外国人所遭受的噩梦。对于无数个仅仅想在这个美丽的国家中和当地人度过美好时光的人来说，这是一道具有心理创伤性的谜题。这也是一场千年悲剧，造成了不计其数的令人尴尬的情境。

贴面礼。

不存在任何手册，可以教你掌握这种礼节的千种微妙之处。

我们应该对谁行贴面礼？朋友？认识的人？陌生人？在什么场合？怎么做？多少次？我们是从右边还是从左边开始？需要同时发出"啵啵"的声音，还是安静地完成？没有人会为您准备好回答任何这些问题。

毋庸置疑，对于中国人来说，完成贴面礼并不轻松。我们天性就很害羞，尤其在需要身体接触时。起初，在屈服于这种奇怪的传统和不愿意执行之间，我不得不作出挣扎。不止一次，我与我的对话者握手，以让自己免于面临这种混乱的情景，最重要的是，为了防止与对方从同一侧开始而互碰嘴唇的错误，因为这对双方来说都将是一场伤害心灵的误解，但我终究未能逃脱这种尴尬经历。

很快，我意识到，在巴黎和巴黎大区，共识是这样的：需要贴面两次，从右侧先开始，加上"啵啵"的声音。即使是外省的学生也需要遵守这些既定规则。既然我是女孩，我就应该对所有人——无论男女——行贴面礼，男子间则不一定需要执行。这解答了很多问题。即使我从前在北京时常有机会练习，一个月后，我对这个礼节的掌握仍然不够完美。但无论如何，我现在行贴面礼更自然了，正如俗话所说，"熟能生巧"。

光滑的、粗糙的、扎人的……面部。我甚至觉得，由未知皮肤的凹凸和触感所带来的惊讶属于一种有趣经历。只有一种情况继续让我心烦意乱：湿润的贴面礼，尤其当对方是一个与我没有丝毫亲密关系的男人。我倾向于将此视为一种令人不快的干扰行为，我会立即尽量以最大的谨慎来擦拭我的脸颊，以避免冒犯不雅行为者。

秋天已经到来，温暖的光线将我们包围。校园里，橡树、杨树和山毛榉蓬勃生长，树叶的颜色呈现出令人惊叹的赭色和金色。不知道国内的树木是否品种不同，使得它们不会呈现出如此丰富的色彩，不过我不记得此前曾经欣赏过如此多彩的画作。

气候仍然温和，但天气一直阴沉沉的。下大雨的时候，我待在房间里，打开窗户，听着雨滴成珠掉落在阳台上的旋律，感受那新鲜割草的气味。当太阳再次出现时，我喜欢从上课的主楼出发，沿着小路一直向下走到位于校园边缘的湖边。我在那里散步，大部分时间都只有我一个人，我欣赏鸭子们在河中洗澡和"嘎嘎嘎"地叫着。看到自由自在的鸭子，这真的很美妙。

我正在逐渐适应这种新生活。上课的速度并没有放慢，但我学习的难度减少了，这给了我一些空闲的时间。我报名参加了学校开设的现代爵士舞班，并为住在离校园不远处的一个法国家庭在约定的时间内临时照管小孩。出生于农村的我，很欣赏这种田园般的生活。唯一的不便是：去巴黎很费时间。法兰西岛大区快铁C线（RER C）运行非常缓慢，时不时还会发生故障或其他不明缘由的"运行事故"。往返巴黎需要两到三个小时。我觉得很奇怪。学校用巴黎生活来吸引外国学生，最后却将他们孤立在距离首都几十公里的地方。为什么？难道是为了让他们明白，巴黎是一个值得拥有但需要一些个人牺牲的地方？

周末，这种处在荒郊野岭的感觉更加强烈。火车班次变少，校园几乎就像一块废弃之地。校园所在的茹伊昂若萨斯小镇娱乐活动很少。最爱幻想的学生们可以躺在湖边的草坪上，享受片刻的休息或安宁。我和中国同学更喜欢在对公众开放的运动室内打羽毛球,或者在学校的内部网络上观看免费电影。至于法国学生,他们通常拥有自己的汽车,可以去巴黎或回家过周末。

一个阳光灿烂的星期六,我在学校的咖啡馆内喝茶,旁边还有几个中国人和来自黎巴嫩的学生哈立德。房间的一个角落里,有一张乒乓球桌。桌上,一只球和两对球拍正等待着球员。

"来吧,让我们玩一玩!"哈立德提议。

我直接放弃了,但我的同胞们迅速响应。他们轮流面对着黎巴嫩人,展示技巧和速度。我坐在椅子上,心不在焉地看着他们。

"春燕,轮到你了!"哈立德叫我。

"不,谢谢,不用。我休息一会儿。"

"来吧,来和我们一起玩吧!"

"不,真的。我很少打乒乓球,而且球技糟糕,对不起。"

"中国人不打乒乓球?别说了,我才不信呢。"

"但这是真的……"

"不要谦虚。来吧,过来打吧。"他坚持道。

他开始有点烦到我了。如果他一定要抱着这些对中国人的刻板印象不放,那我就给他好好展示一下。我起身拿起球拍。哈立德递球给我,让我先发球。我尝试着发球,但它像火箭一样飞走了,擦过哈立德的头部,然后在房间的一个角落里搁浅。它弹跳了几下,又突然停了下来,仿佛一片枯叶。

这一次我对自己乒乓球"才华"的展示仍然不足以让哈立德相信他错了。他找回球并重新回到桌边。

"慢一些,春燕,哎！这次我先发球。"

小球兴高采烈地飞向我,但落向了我无法接住的方向。它再次出发,落入墙角的尘土之中。哈立德睁大眼睛盯着我。他看起来真的非常惊讶。

"我告诉过你了,哈立德！"

"好吧,那我们简单一些：我坐在椅子上打乒乓球,你站着打。这应该会让你的任务更加轻松一些。来吧,向我证明你来自中国！"

他拿起一把椅子,微笑着坐在我面前。这是浪费时间：即使坐着,他也继续掌握着主导权,让我四处追着球跑。我的失败是无可救药的。

"你看,我乒乓球打得很烂。你现在相信我了吗?"

"对于我来说,从今以后,你不再是中国人了！"哈立德笑着总结道。

他的笑声很有感染力,让包括我在内的所有人都哈哈大笑。事实上,我从来都不是乒乓球的狂热爱好者。不过,我经常和爸爸还有妹妹在我们自家的院子里打羽毛球。

在这些将中国人与某些体育爱好相关联的刻板印象中,乒乓球与武术并驾齐驱。有一次,一位法国学生告诉我他是功夫片的粉丝,并想知道我的水平有多高。我非常认真地告诉他,我可以在墙上奔跑。他听得如痴如醉,直到我澄清说："尤其当我喝多了酒的时候！"事实上,我的功夫水平并不比乒乓球技术更高超,就像随机选择的一个法国学生只有很小的概率会是法式滚球高手一样。然而，HEC校园将以最意想不到的方式对我进行武术启蒙。

茹伊昂若萨斯车站附近有一家超市。它可选的商品既昂贵又有限，但对于我们学生来说是必不可少的，因为它是镇上唯一的超市。要到达那里，大约需要步行二十分钟：首先穿过学校的正门，然后再沿着校园的外墙一直向下走，直到车站。不过，还有一条需要做点运动的捷径，倒更符合中国人都灵活敏捷的陈词滥调。

在校园所在的小山丘的脚下，有一扇铁门可以让我们更快地到达超市。虽然它在夜晚和周末会上锁，但没有什么可以吓倒我，正如我们在中国所说，"人民群众的智慧是无穷的"。很快，我发现了一个秘密设计，应该是以前学生的杰作：这些聪明的家伙在铁门旁边的墙脚下，放了一块石头。他们还在墙上打了几个洞，以便攀爬。

一旦到达墙顶，还需要鼓足勇气跳下去！其实墙并不算高，最多也就两三米。风险虽然有限，但经验不足的我们必须克服担忧，调动起全身的敏捷度。第一次尝试，我成功通过了考验。在从超市返回的路上，我们先把塑料袋扔进大门的栏杆内，再爬上墙头，与刚才的操作方向相反。不过外墙这侧没有支撑点，需要花费更多力气，但我们还是靠着互帮互助成功了！有时正好一些汽车经过，司机们会用怀疑的目光看着我们……

这个小秘密很快就被新生们得知，并迅速成为一种仪式、一种开心的源泉。我和中国同胞们为自己的这种运动成就感到自豪万分，在提着购物袋沿着学校的小山丘向上行走时，不由得放声歌唱。哎呀，学校最终发现了这个秘密。那块石头不见了，墙上挖的洞也被填上了。又过了不久，我发现，石头消失的地方被其他同学悄悄地放置了一个树根。即使没有小洞，我仍然可以轻松自如地爬上墙头，向那些怀疑中国是武术大国的人证明，此事毋庸置疑。①

*

除了能够远离校园或与家人一起共度周末之外，HEC 的法国学生与我们相比还有另外一个优势。大多数像我这样的外国人，已经在各自的国家里获得了大学学位，所以我们直接从 HEC 的二年级开始读起。我们在这里获得的这种"特权"，让我们拥有了一个绰号："AD"，对应法文是 Admission Directe，即"直接录取"。在法国学生之间，听到这样的对话并不稀罕："啊，但他是个 AD。"潜台词并不很讨人喜欢，因为这些自命不凡的学生认为，外国学生被直接录取的渠道更加容易，也不够高级，因为他们不必先进入法国的预科班学习。"你知道我们在预科班学习有多辛苦吗?"我的某些法国同学向我抱怨道。

显然，他们是精英中的精英，而我们只是格格不入的外来客。但他们忘了我们来自各自国家中最好的大学，而且法国商校国际联考也非常有竞争性! 顺便说一句，我们当中的许多人通常并不拥有特权背景，大家都为能来到法国付出了相当大的努力。最后，我认为不同的文化不应当让我们彼此排斥，而应当成为灵感和相互启发的来源。正如中国谚语所说，"海纳百川，有容乃大"。

---

① 多年以后，学校在铁门旁边安装了一扇小门，上面有一个装置，教职人员和学生可以用磁卡打开门。

　　　　　　　　　　　　　　　　　　西哈诺、孔子与我

也有几名法国学生通过这种直接录取方式进入学校，但会被贴上 AD 标签的还是外国人居多。我很快就明白，尽管我最近学习了"口语化法语"，并且对法国贴面礼有了初步掌握，但要融入当地学生群体，我仍然会，并且一直会遇到这个似乎无法逾越的障碍。大多数法国学生会根据各自的情况或者过往的学业背景，划分并加入不同的圈子。要融入他们的圈子，最好能满足一定条件。在巴黎筛选最严格的"大学校"预科班——比如亨利四世、路易·勒·格兰德或詹森·德萨伊——学习过，是一个良好的开端。出生在具备一定社会地位和/或高收入的家庭，亦有帮助。大受欢迎的是那些教授、商界领袖、高级公务员、律师、牙医或其他医生的儿女们。

这种私下的圈子划分并不止于学校和家庭谱系。因为，要取悦法国年轻人，还必须知道如何尽可能地享受生活的乐趣。有一天，一个觉得我太过勤奋的法国学生问我："为什么你们中国人只会工作？是不是有点无聊？"可以肯定的是：如果一个人从小就出生在优渥的家庭环境中，在生活中享受各种便利，他会很难理解高等学业的昂贵学费给我们这些外国人所带来的挑战。

他也会很难体会到，在我这一代，每个中国人背后都有整个家庭期许的目光，他们经常会用全部或大部分积蓄，来资助后代在海外继续求学。

所有这些因素建造了一个无形的边界。真可惜。我对这种状况深感遗憾，但又觉得无力打破这些偏见。结果就是，许多中国学生——包括我——更多地待在同胞圈子里，比如在食堂用餐时。这无助于加强与本地人的链接，但除此之外，我们还有什么选择呢,难道要形单影只?

"为什么你们中国人不多来找我们?"一些本地学生有时会问我。具有讽刺意味的是,我从同胞那里听到了同样的想法。"法国人为什么不多来找我们?"我不想显得不公平:我们不能只去指责法国人。我愿意承认我们也负有责任,因为基于人性,人确实更喜欢待在自己的舒适区内。

从根本上来讲,唯一有效的问题是:谁敢迈出第一步?

西哈诺、孔子与我

13　欲望之夜

我注意到，在学校食堂和内部网络上，有一些富有创意的，甚至有时极其大胆的舞会海报。每周四，学生会都会组织一场"大型舞会"或"小型舞会"，他们似乎整日忙于组织这些晚会。大型舞会也对其他知名商学院或工程师学院开放，小型舞会则只限于本校学生。

12月，学期期末考试结束后，学生会举办了一场盛大的晚会，标题让我吃惊："欲望之夜"！在中国，这样的倡议会被直接取缔，因为一个如此赤裸裸的标题会被指责为宣扬"腐朽的资本主义生活方式"和"破坏社会风气"。我的中国同学们对这种晚会不太感兴趣，但我出于好奇，决定前往，更何况我喜欢跳舞。那天晚上，我选择了一条白色长裤和一件粉色上衣。花了三十分钟化妆后，我看着镜子里的自己，感觉容光焕发！我和玛丽一起前往晚会，她是三年级的学生，我俩一见如故。

夜幕降临。几辆公车到达校园，送来其他学校的学生。舞会应该在晚上10点开始。我和玛丽提前三十分钟到达，入口处已经排起了几十米的队伍。负责接待的学生会成员必须检查每个人的学生证。所有人都在热切地等待着狂欢的开始。在北大或清华，我们的舞会中规中矩。学生们跳华尔兹、探戈……有时也会蹦迪。即使对于跳舞这样的爱好，中国学生也抱着非常认真的态度。晚会之外，在当时风行校园的一些 BBS 论坛上，上舞蹈课的人会与众人交流最新的舞蹈技术。那些不跳舞的学生则乖乖地坐在角落里，向他人观摩学习。

我支付了入场费，学生会的一个男生在我的左手背上，盖上一块紫色的印章。非常奇怪，因为我上一次在中国看到这样的印章，是在屠宰场的猪身上，这表明它可以食用，没有携带任何疾病。然后，我看到接待处附近的桌子上摆放着一个小篮子，里面放着不同颜色的小方形塑料袋。

"这是什么，玛丽？"

"你从来没有见过这个吗？"

她讽刺的笑声让我不得不作出反应。接待处的男孩听到我们的谈话，抬起头，以不可置信的神情盯着我看。我承认了我的无知。

"没有，从来没有。我很难猜出它是什么。"

"过来吧，我给你解释一下。"

玛丽似乎有点尴尬，因为那个男生现在正在专心致志地听我们对话。我们走进房间，避开了他的视线。她远离了冒失的隔墙耳，用秘密的语气告诉我。

"那是避孕套！在中国没有避孕套吗？"

"避孕套？我不认识这个法文词。"

"这是人们在发生性行为时用来避免怀孕的。说真的，你们在中国也有，对吧？"

"啊,是的……当然……只是我从来没有见过它的包装。"

我猩红色的脸暴露了我对这个问题的缺乏常识。事实上,即使我知道有这样一个"工具"存在,我这辈子都没有碰过它。我只是在一张 DVD 中看到过它没有包装的样子,那是导演姜文执导的《阳光灿烂的日子》。而且,在那部作品相关的场景中,一个熊孩子拿它当作气球玩耍。这显然不是预期的用途,因为在几个电影段落之后,他的母亲怀孕了。

"但这怎么可能?你是个大姑娘了!"

玛丽震惊了。我也同样震惊,但原因不同:我之前已经知道法国是一个自由的国度,但我没想到他们会在学校舞会入口处分发安全套。我既吃惊又尴尬:性这个话题很容易让我感觉不自在,就像对于许多中国人一样。

我们从一个房间走到另一个房间,每间都有不同风格的主题音乐。也有很多学生和噪声。所有人都在跳舞,喝酒,大笑,讨论,抽烟。几盏舞台灯投下五彩斑斓的灯光,屋子里充满了欢乐的节日气氛。很快,玛丽被一个男孩邀请跳舞。我站在角落里。一个身着白色衬衫和蓝色牛仔裤的高个子年轻帅哥发现了我,走近我。

"我可以请你跳舞吗?"

他有着一头卷曲的棕色头发和温柔的眼神。他长得有点像我喜欢的台湾歌手童安格。我接受邀请并与他踏入舞池。他舞技良好,掌控全局并引导着我。

"我叫杰罗姆,是国立路桥学校的二年级学生。你呢?"

"我叫春燕,是这里的学生,也上二年级。"

"你有一个非常美的名字。而且你也很美。"

我又脸红了。第一首歌曲结束。接下来是一首慢曲。杰罗姆开始轻轻地将我拉向他。我不喜欢这个动作，于是后退几厘米以示对抗。他又将我拉向他，这次我不得不用尽全身的力气才能不落入他的怀中。尽管我很苗条，但我仍然有着不可低估的力气。早在小学时，班上的男生就不敢招惹我。只有一次，在我八岁时，一个比我大一点的男同学试图在路上挑衅我。我捡起几块泥土扔到他脸上，然后迅速逃走。他试图抓住我，但无济于事。自那以后，当我们在路上相遇时，他总是绕道而行，以免发生冲突。

杰罗姆突然停了下来，谨慎地看着我。

"这不是拔河比赛，春燕……"

"这不是，但是如果你拉得我太多，我会失去平衡。"

"你没有什么好怕的，我抓着你呢。"

我们继续跳舞。这一次，他把手轻轻搭在我的肩膀上。我们四目相对。他笑了。第二首歌曲结束，他趁机给我去拿了一杯饮料回来。音乐继续，节奏变得更缓慢，几乎是慵懒颓废的。杰罗姆在我耳边低语："你有男朋友吗？"我摇头。他用手围住我的脸庞，以闪电般的速度亲上了我的嘴唇。我大吃一惊。一瞬间，我没有意识到发生了什么。等到回过神来，我终于推开了他。

"你怎么能这样？"

他极其惊讶地看着我。

"但是……你不喜欢我吗？"

"我对你有好感，但我们才刚刚认识！"

"那又如何？我喜欢你！"

难道，在这个国家，他们都如此好色吗？如果果真如此，他们是否完全不会考虑不同的文化？我接受的是传统的中国文化教育，我无法与一个刚刚认识的人进行如此亲密的接触，尽管我感觉被他吸引。我不想浪费口舌，进行任何高深晦涩的论证。我也不必为自己辩解。我没有看杰罗姆就离开舞池，像一只受惊的小鸟冲向出口。我跑得如此急促，以至于在途中几乎撞倒了两位学生。我结结巴巴地向他们道歉，继续我的狂奔，而他们则瞠目结舌，看着眼前这个粉红色的纤细身影迅速地消失在黑暗之中。

*

我没有休息好。我很生气我的初吻在法国被偷走了。我不明白法国男人的态度。在中国，当你开始对某个人产生兴趣时，你必须保持严肃认真的态度，而不是跳过一些步骤。如果双方都确认了感情，才可以进行最开始的身体接触。此外，还需要很快就"正式确定关系"。这种"先玩再投入"的方式不是中国文化的一部分。表现得过于紧迫而不打算认真投入一段关系，会被视作在利用对方的感情。在中国人看来，轻率对待男女关系，就是缺乏诚意和责任感的表现。

早餐时，我遇到了玛丽。她注意到我昨晚从舞会上消失了，想知道为什么。

"我提早回去了，抱歉没有提前告诉你。"

"这真是奇怪啊。我看到你和一个男孩子在跳舞，你看起来很开心。你没有跟他一起回去吗？"

"你怎么能问我这样的问题？我怎么能和第一次见面的人一起回去？"

"你是认真的吗？"

"当然是。他没有征求我的同意就吻了我。这就是我离开晚会的原因。"

"春燕，你太认真了。那只是用来享受一段美好时光的场合。"

她也觉得这很正常。我开始怀疑是不是我有问题。我是否过于坚持自己的原则？玛丽看着我，神情突然变缓和了。

"我刚刚想起来：你之前从未见过真正的安全套。可怜的春燕，这对你来说简直承受太多了！"

"不要取笑我，玛丽。"

"我在逗你玩。我知道你不想再进一步了，但相信我，亲吻真的不严重，尤其是在法国大学校的舞会上。"

"怎么会这样呢？"

"你知道，在这些舞会上有些人会成为临时情侣，他们一起过夜，然后在第二天继续自己的生活，就好像什么都没发生过一样，有时甚至都不记得自己做了些什么。"

"这种事情可能忘记吗？"

"他们并没有真的忘了，但他们会忙其他事情。你知道 choper quelqu'un——'逮到一个人并与其发生点什么'——这个法语表达方式吗？"

我摇头表示不。

"嗯，我上面所描述的就是这种情况。你知道，在法国，有时两个人在同一张床上醒来，会互相问对方：'你叫什么名字？'"

"这不是极其肤浅吗？"

"人生苦短，我们应当好好享受。另外，如果都没有尝试过，怎么才能与一个人正式交往，并知道对方是对的人呢？"

我们都沉默了。她可能没有错。但我需要时间考虑这一切。对我来说，这些一夜情是轻浮和徒劳无用的，这也违背了我的传统价值观，以及法式浪漫主义在我心目中的形象。此前，我与多米尼克的经历、与安托万失败的晚餐，已经严重损害了这形象。如果我们都遵循这种法式逻辑，那么，我们就必须先和对方"玩一玩"，以确定是否对其有真正的感情？这种对爱的看法让我非常困惑。我仍然记得在大学里，一位教授给我们播放法文电影《雾码头》中那段知名场景：让对妮莉说，"你知道，你有很美的眼睛"。"吻我"，她脱口而出。这一幕让我感动落泪。我曾经以为，那就是法式浪漫主义。

玛丽结束了她对我的教育灌输，并补充说她觉得这个杰罗姆很有魅力。然后，她向我打了个招呼就去上课了。我不知道该怎么想。我早上没课，于是回到房间，打开了电子邮件。一封名为"寻找昨日相遇的男士"的信件被发送给了全校。我点开邮件。

亚瑟，
我不知道你来自哪里，但你昨天照亮了我的夜晚。
你甜蜜的吻让我头晕目眩。

我怎么能不向你要联系方式？

如果你看到这个信息，请与我联系吧。

让我们再次相见吧。

朱丽

又：我昨晚穿了一条浅蓝色连衣裙。

　　我笑了。五分钟后，第一个回复出现了。但并不是那神秘的陌生人，而是一位被这个扔进大海的漂流瓶逗乐的学生。

　　"这，才是伟大的爱情！"

　　　　　　　　　　　　　　西哈诺、孔子与我

14 五分钟

我在 HEC 的第一个学年——也就是法国"大学校"正常学业流程①的第二年——即将结束。我必须在即将到来的暑假之前，为接下来的离校实习年找到一份实习，这将是学生迈向企业的第一步。在此前的几个月内，背靠我在北京的成功职场经验和我在学校新掌握的管理知识，我向一些法国大公司递交了实习申请。但结果让人失望：我收到了很多拒绝，并且少有面试机会。我很难理解这些失败。

我向三年级的中国学生们敞开心扉。他们向我解释道，他们在第一阶段寻找实习的过程中，也遇到过同样的困难，但情况将在随后得以改变。即使我们掌握法语，但语言障碍仍然是许多雇主关心的问题。此外，中国人给西方人的形象一般是谨慎而寡言少语的，这对我们不利。于是，我实施了一个真正的战斗计划：完善我的简历和求职信，在校园招聘论坛上与一些公司的经理们积极交流，通过学校的人脉网络联系已经毕业的校友，训练自己更好地

① HEC 这类的法国"大学校"的学业历时四年，前两年在学校上课，第三年要去企业做实习，最后一年再回校结束学业；拥有海外大学本科文凭、被这类"大学校"直接录取的外国学生，从二年级开始读起。

准备面试……渐渐地,这个策略得到了回报。有一天,我看到一家大型法国航空集团的国际营销部门招收实习生,我在线上申请之外,给身为校友的该部门大老板也发送了一封电子邮件。随后我接到了面试邀请,并拿下了这个实习。在我最终收到的所有实习提议中,这个是最让我感兴趣的。

为此,我搬到了靠近里昂火车站的巴黎 12 区。最初那些天里,尽管这家集团正在进行私有化改革,但在我看来,它内部的工作氛围相当轻松。我与同部门的迪迪埃和洛朗关系融洽,他们四十多岁,入职公司已经很久。每天的工作从一成不变的早晨仪式开始:互道早安,行贴面礼,以及进行一场不可避免的小对话:

"你好吗?"

"很好,谢谢你!你呢?"

"我也很好,谢谢!"

这段对话总是让我觉得好笑:在问这个问题之前,我们就已经知道答案了!尽管有不同句子可以表达"你好吗",精神却始终如一:我们眼里看到的生活总是粉红色的。回复"不,不好!"不仅幼稚、奇怪、不礼貌,而且——尤其是——不必要。事实上,没有人会真正想知道你过得好不好。个人问题只与亲朋好友交流。

在每个人严格执行这个问候仪式的时候,时钟在滴答作响。在中国,人们更愿意把这些时间花在工作上:因此,中国经济近些年来迅速腾飞,也就不足为奇了。在办公室里互相打招呼,对我们来说既不是经常性的,也不是强制性的。你甚至可以穿过整间办公室,直接坐到办公桌前,而无需看一眼其他同事!我们也不会总

西哈诺、孔子与我

去问别人"一切都好吗?"。我们已经知道这个问题毫无意义。它仅在真正需要的情况下被使用：例如当你向一段时间未见的人打听近况,或者当与你交谈的人遇到困难时。

这第一个仪式结束之后,我看着迪迪埃和洛朗走向咖啡机,他们通常要到上午 10 点以后才会离开这个角落。两人时常提议我和他们一起喝咖啡。起初我拒绝了,怕被人误认为懒惰;后来,为了更好地融入团队并打破中国人过于保持距离的形象,我接受了他们的提议。

"怎么样? 工作多吗?"迪迪埃问洛朗。

"还好,目前有点忙。另外,天气真不怎么样,让人不太想工作。"

"明天天气总算要变好了!"迪迪埃用愉快的语气说。"顺便问一下,你知道克洛伊即将加入马克的团队吗?"他压低了声音,看起来有些神秘。

"哦,是吗? 我知道她和她的老板相处得不太好……这样的结局对她最好。"

他们谈论得很热烈,没有注意到我。我不知道该如何参与他们的谈话,有些尴尬,于是盯着杯子的底部,仿佛陷入了沉思。突然,两人意识到我从刚才开始就一直保持沉默。

"对不起,春燕,"洛朗说,"这些话题你应该都不感兴趣。"

"你和卡米拉工作一切都顺利吗,她没有过多地剥削你?"迪迪埃继续说,并向我眨了眨眼。

卡米拉是个五十多岁的意大利人,我们的团队领导。她今天早上很可能正在某处开会。让我惊奇的是,她的日程总是排得满满的,而在她手下工作的迪迪埃和洛朗看起来却悠闲多了。除了他们早晨刚到办公室的咖啡时间,两人显然还有时间在这里查看个人电子邮件。我知道这一点,是因为他们背后的窗户有时会反射出他们的电脑屏幕。在中国,情况恰恰相反:老板经常会让手下干很多活。尤其是,我们一般会避免在同事面前使用"剥削"这个词,特别是针对老板的话。对于上级,要始终表现出极大的尊重。如果想批评老板,得等到回家的时候。

"剥削?不。她对我很好。我也喜欢在这里工作,我学到了很多东西。"

"哦,严肃的中国人!卡米拉不在这里,你可以告诉我们一切!"

他们开怀大笑。然而我不觉得我的答案有什么笑点。迪迪埃等了等又说:

"我们逗你玩呢,春燕。一切都很好!"

我对着他们礼貌地微笑,看了看我的手表。我们已经在咖啡机前站了十分钟。我的咖啡杯已经空了很长时间了。

"我今天有个材料要做完,我得走了,对不起。"

"放轻松,"迪迪埃自信地说,"我们慢慢喝完咖啡。你会看到,摄入这些咖啡因后,你会更加有效率。"

当我在北京为一家法企工作时,办公室里也有一台咖啡机。但它几乎从来没有被使用过。如果有人想喝咖啡或茶,他会独自准备,然后直接回到自己的位置,在电脑前喝掉自己的热饮。

午饭后以及下午工作时间内,洛朗和迪迪埃又跑去喝了两次咖啡。如果法国人每天在办公室内喝上三杯咖啡,带着激情讨论各种话题,那么他们投入工作的时间就会少得多。他们能及时完成必须做的工作吗?老板们什么也不说吗?在我的国家,如果下属开启聊天模式,大约 15 分钟之后,领导很有可能会从自己的办公室里走出来,向他们投去严厉的一瞥,或者直接提醒他们:"办公室是工作场所,不是休息场所!"

我这种带有批评性的看法并没有持续很久。渐渐地,我明白了,在法国,和同事一起喝咖啡或者抽烟,等同于在中国和同事一起卡拉 OK,两者起到相同的作用。这是员工之间和睦相处、增强团队凝聚力的时刻。除了交流中有时出现的平庸话题之外,我很快注意到,"真实"信息会在这种场合传播,这有助于了解公司内部真正发生的事情,比如当下的关键主题。在法国,办公室里的咖啡或香烟不是一种消遣工作的爱好,它们悄悄地为团队的效率作出真正的贡献。不过,也许并不是所有时候都如此……

除了迪迪埃和洛朗,我很快就和德尔菲娜建立起了友好的关系。她在另外一个部门实习,是 ESCP 高商的学生,是一个俏皮而和善的金发小女郎,来自著名的波尔多葡萄酒产区。她邀请我周五晚上去参加在她家中举行的开胃餐。自从我到达法国以来,这是我第一次收到这样的邀请。晚会前几天,我收到了一封来自德尔菲娜的电子邮件,里面有她的地址、所在大楼的大门密码,以及聚会的开始时间:晚上 8 点。她补充写道,"如果你们能带点吃的或喝的东西,那就太好了!"真的需要指出这一点吗?谁会想到空手而去?反正肯定不会是中国人。更何况,要求客人带着食物来也同样令人震惊:在国内,主人必须向客人展示慷慨,自己准备好一切,提供比实际需求更多的饭菜,并为"没什么可吃的"而道歉!在我们国家,精确细致地计算一切,确定谁应该带什么或者谁应该付出多少,是缺乏亲情或友谊的标志。

我手中提着一瓶红酒,在晚上 7 点 45 分到达了德尔菲娜家楼下。这很完美:不会存在迟到的问题。以前我在国内,需要开会或聚会时,我总是准时到达,甚至会早到一些。在中国人看来,守时是一种很好的品质,即使我们在这方面的纪律性不如德国人。迟到是种不尊重他人的行为:这既浪费了别人的时间,也表明对他们不够重视。

我输入大门的密码,门立刻开了。公寓在六楼,首先要先进入一个迷你型电梯才能到达,里面只能容纳两人。我从来没有见过这么小的电梯。如果这是在中国,居民的人数很快就会让它出现障碍。离开电梯小间后,我右转,按响门铃。德尔菲娜前来开门。她似乎对我的出现感到惊讶。

"你已经到了?"

"是啊,快八点了。为什么这么说?"

"不,没有什么……你真的……非常准时。"

"谢谢你的夸奖,客气了!"

"其实,你比准时还准时……现在还不到晚上八点。"

她的男朋友洛伊克也出现了并向我致意。他看起来也很惊讶。

"中国人都这么准时的吗?"他问我。

"大多数是的。为什么这么问呢?"

"我们只是还没有完全准备好，抱歉。"

我进入客厅。两张桌子上摆放着玻璃杯和散装的塑料盘子，未打开包装的零食，以及几瓶酒和水。洛伊克解释说披萨正在加热，他正在准备一盘沙拉。我提议帮助他们，两位主人接受了。8点10分，一切准备就绪，但我仍然是在场的唯一一名客人。真是奇怪。

又过了片刻，第一批客人开始到达。我认出了迪迪埃，我们行了一个贴面礼。与平时相比，在朋友派对上，这个礼节更是一个必需的环节，见面打招呼和告辞时都需要去认真执行。我已经习惯了这种非常法式的习俗，但在这样的场合上，同一件事情的不断重复让我有些厌烦。我后来了解到，解决方法是假装生病，这可以避免一轮必不可少的贴面礼，同时不会冒犯任何人。

迪迪埃手里拿着一杯葡萄酒，开始了谈话。

"你在这里很久了?"

"我是晚上7点45分左右到的。"

"真的吗?"他非常吃惊。"德尔菲娜没说什么?"

"没有，为什么?"

"你知道吗? 在巴黎的私人聚会上，第一批客人通常会迟到十五分钟。"

"十五分钟? 为什么?"

"为了避免给客人带来压力，并且留给主人足够的时间准备一切。"

"我之前对此一无所知！那么我早到了是不是很不礼貌？"

"不，不是没礼貌，只是令人出乎意料。你不用担心。"

此时我仍然不知道的是，我即将熟悉法式派对的另一个特殊习俗。晚上11点左右，我告诉德尔菲娜我要回家了。她正和洛伊克在门口和露西聊天。露西是索邦大学的学生，住在我家附近，她早先表示过希望和我一起坐地铁回家。

"我要走了，露西，你走吗？"

"是的，再等五分钟。你看，德尔菲娜，这个做瑜伽的女孩，她可以给你她上课的地址，她说老师很棒。"

"啊！太好了！"德尔菲娜惊呼道。"不过这瑜伽水平是不是太高了？"

她们显然还没有结束谈话。我不需要争分夺秒，于是我去了洗手间，然后在客厅里又停下来吃了几片香肠。之后，我又回到露西和德尔菲娜还在闲聊的前门。我竖着耳朵听：这次是关于最近在影院上映的《哈利·波特》新片。我开始觉得等待的时间有点长了。

"露西，我们走吗？"

"哦，是的，对不起，是时候该走了，你是对的。我只需要五分钟。"

在法国，分钟的持续时间与世界其他地区不同。比如，在这种情况下，露西的五分钟将持续整整二十分钟。在这里，人们彼此相

西哈诺、孔子与我

爱太深，不想就这样轻易离开。这次晚会以后，我有多少次看到客人站在门口准备出发，披着外套，扶着门把手，以这种姿势又聊了整整一刻钟？这种可以自由扩展的"五分钟"规则适用于其他日常情境。在赶赴一些私人约会时，我不止一次地收到过那句经典短信："我迟到了，我五分钟之后就到。"当然，对方最终所用的时间，会是五分钟的两倍甚至三倍。"延迟是艺术家的礼节"，小说家安德烈·莫洛亚写道。

我最终也形成了这个习惯。如今，法式五分钟是我程序系统里的一部分。有时，当我因为交通拥堵、法国国家铁路公司或大众运输公司的罢工、地铁技术事故而迟到时，我会求助于它……对方则完全理解，这五分钟只是一个想法，一个表明延迟在可接受范围内的概念。所以，这避免了任何歧义。至于那些对我不守时感到惊讶的人，我觉得有必要加以说明："对不起，你得相信我已经变成了法国人！"

15　冬季花园①

　　2004 年 12 月，我的第一份实习即将结束。我喜欢这次实习，我如今在法国企业里感觉自在，即使有些细节仍然让我难以理解。我组织了一个实习结束欢送会，并带去一些中国菜。自制的饺子，加上点心、曲奇、豆腐干、常与米粥搭配食用的咸鸭蛋等。"这鸭蛋是咸的，难道是因为他们给鸭子喂盐吗?"一位同事认真地问道。

　　节目的重头戏，是我给他们展示皮蛋，这在法文中也被称作"百年蛋"。这些鸭蛋在石灰中浸泡数周，之后白色变成棕色，黄色则变成绿松色。我特别喜爱吃皮蛋。但这种特色食物在他们眼中奇怪无比，导致他们做出各种鬼脸。"呃……吃变质蛋没有健康风险吗?"迪迪埃担心地问道。我用一个非常法式的类比来消除这些恐惧。"鸭蛋就像酒：越老越好。"他们看起来并未被说服。

　　当然，"怪异的"中国菜单还不止于此。如果他们面对鸡爪或鸭爪、猪脑、牛肚和腰子，以及在许多中国人眼里能让人变得更聪明的鱼头，他们会做何反应? 又或者，中国真正的奢侈食品——燕窝?

---

① 《冬季花园》也是法国著名男歌手亨利·萨尔瓦多(Henri Salvador)的经典歌曲的标题。

不久后，我必须为最后一学年选择一个专业。我通过 HEC 的内部网络，向同学们发送了一封电子邮件以征求意见。第一个回复我的是路易。他正在一家咨询公司做毕业实习。他提议在巴黎共进晚餐，以告知我更多信息。我接受了。

我先到达了位于香榭丽舍大街的富兰克林·德·罗斯福站的出口，路易和我约在那里见面。我不知道他长什么样，但我将通过直觉来认出他。几分钟后，我看到一个相当年轻的男士从马路对面走来。他个子很高，身上优雅的灰色长风衣加深了这种印象。他笑着走近我。

我们以同学之间的贴面礼互相打招呼。我立即注意到他线条柔和的脸庞；他有着翠绿色的眼睛，无可挑剔的棕色头发向后梳着，似乎表明他受过良好家教。他的脖子似乎有一米那么长。我们步行前往只有几分钟路程的"雷诺工坊咖啡厅"。坐下后，我们讨论各自的人生道路。路易经常去布鲁塞尔实习。他表情和措辞都极其温柔，这赋予他一种近乎柔弱的气质，但他笔直而结实的鼻子则提醒我，我正在和一个真正的男性交流。

晚餐当中，路易的目光不曾离开过我。他关注我最小的期待，预见我最细微的需求。一旦我的杯子空了一半，他就会立即给我加满水。我从来没有成为过如此被关注的对象。中国男人通常不会在意这些小细节，只满足于为女士买单，似乎那就足够传达自己对对方的兴趣。路易一直不停地盯着我看，这让我感到羞怯。有时我不得不垂下眼睛，以避免表现出我的尴尬——或我的心慌意乱？——我真的不知道。当他笑起来的时候，他绿色的眸子眯起来，给人一种极为和蔼的感觉。他的凝视里有一种既诱惑又让人安心的东西，让我感到一种从未有过的愉悦。

晚餐结束后，我们一起走向地铁。过马路时，一辆汽车全速窜出，突然在我面前刹车。路易做出一个条件反射性的动作，抓住我的胳膊，冲到我和车辆之间，自己差点被车撞到。

"春燕，还好吧？你没事吧？"

"没事，我很好。"

我对他的防备开始卸下。

互道再见之前，路易提议继续保持联系。他建议和我一起修改我的简历和求职信，这是申请学校最后一学年某些专业的两个必需环节。我毫不犹豫地接受了。

几天后一个周六的中午，我们在他十六区内的住所内见面。路易不用辛苦讨生活：这套房的面积超过200平方米，众多家具散发着顶级品味，透过巨大的窗户可以看见特罗卡德罗花园明信片般的风景。我在巴黎参加过几次学生在家中组织的晚会，但到目前为止，我只见过单间或两居室公寓。路易无疑注意到了我的惊讶，主动解释道："我住在父母家里。这里是属于他们的，但他们出门了。你就当作在自己家里一样。"这有些矛盾：这个解释虽然听起来站得住脚，但路易已经二十五岁了。我认识的同龄学生都不和父母住在一起，都在单独享受自己的生活。我有点疑虑。

当天的任务很快就完成了，路易却没有让我离开的意思。"如果你同意，我请你吃饭。"我点点头。他微笑着拿起一本巴黎用餐指南，开始从中寻找餐厅，并且将各家一一展示给我以征求我的意见。他似乎对这个任务非常上心，非常认真地执行它。看到他如此的投入——仿佛他的生命取决于这件事情——我的内心多了一些颤动。

我选择了附近的一家法式餐厅，那里的气氛既平静又高雅。路易点了一瓶优质的波尔多葡萄酒。就像我们的第一次晚餐那样，他一直在看我的眼睛。这一次，我不想再低下头。窗外，冬风使防寒外套跳起了华尔兹舞。月光在瘦削的树木光秃秃的树枝上勾勒出梦幻般的影子。街上空无一人，仿佛路人已经约定，这个夜晚只属于我们两人。他陪我乘坐地铁，一直护送我到我家楼下，我们在那里互道再见。入睡前，我收到了他的短信："晚安，美丽的春天的燕子。"

这顿晚餐，以及他一举一动间的柔情，让我想对他了解更多。接下来的几天，他每天都给我打电话。周末到了，我们一起去人类博物馆看展览。然后又是一个周末。趁着下午温和的天气与灿烂的阳光，我们在特罗卡德罗的花园里散步。路易邀请我坐在长凳上。他的眼神比以往任何时候都更加强烈。他以一种自信而温柔的姿势，握住了我的手。时间停止了。

"春燕，我真的非常喜欢你。真的。你想做我的女朋友吗？"

不应该再拖延了。我一生都在努力控制一切。是时候松手了。

"好的。"

四周寂静无声，让我能听到他的心跳。他双手捧着我的脸，无比小心地吻上我。我闭上眼睛。这多么柔软，多么丝滑。

以前我曾经怀疑过，但这一次可以肯定：法式浪漫主义确确实实存在。

16　米粒

　　路易和我之间的田园诗日渐美好。只要我们两人的时间允许，我们就会在巴黎见面，进行一次浪漫的约会。有一次吃饭时，他承认在香榭丽舍大街上的第一顿晚餐中就对我一见钟情。"你呢？"他问道。除了回报以灿烂的笑容，我不知道该说些什么。第一次相见时，他尚未征服我的心；自那以后，即使我对他抱有感情，我仍然不确定是否会疯狂地爱上他。但他的热情、他的真诚以及每时每刻的关注让我让步了。在中国文化中，真诚比许多其他价值更为重要，尤其是在爱情中。

　　我曾经多次听人说过法式香吻，但我并不清楚它到底如何。趁着一个浪漫的下午，我向路易打听此事。此外，为什么要用一个英文短词来命名一种法式"专长"？

　　"因为这是国际知名的吻。"路易自豪地回答。

　　"好吧，但那究竟是什么？"

　　"就是以非常性感的方式接吻，舌头互相接触。"

　　只是这样的吗？这并没有什么异国情调。我有点失望。

　　"接吻的时候舌头相互接触是正常的，对吧？否则我们还能碰到什么？牙齿？为了清洁它们？"

我的话让他笑到流泪。不管是不是法国人的"专长"，法式香吻无论如何都是路易的"专长"，这是肯定的。不论是在家中还是在地铁里，在公园内，在餐馆中还是在地铁扶梯上，他都以同样的热情亲吻我，有时候持续得太久以至于我不得不打断他来喘口气，以避免窒息。

路易很快就把我介绍给他最好的两个朋友。让，毕业于法国国立高等工程技术学校，热爱电子鼓，至今仍单身；罗曼，一位外表英俊的工程师，毕业于巴黎综合理工学院，来自一个传统的巴黎资产阶级家庭。他和一位女护士走在了一起，后者没有上流社会光环，微胖但性格温柔。他疯狂地爱着她。与一个不属于他的社会阶层的"平民"保持这种关系，并不符合他父母的胃口。他们想迫使这对情侣分手，并且在他面前随意对他的伴侣发表令人不快的言论，但遭到了罗曼的激烈反对。

路易乐于大声而明确地表达他对我的迷恋。"春燕是我生命中的另一半！"在一家餐厅内，他与朋友们共进晚餐时如此宣布。这种有点仓促的公开表白让我很感动，但也让我有些忐忑不安。这太出乎我意料。"你这么说真好，谢谢。"我笨拙的反应似乎并没有削弱他的热情。罗曼为他的朋友鼓掌。"一般来说，两个人要在一起更长的时间才会发表这样的声明，但我们真的为你俩感到高兴！"

路易每天都致电我，无一例外。当他去布鲁塞尔出差时，他把前往火车站的出租车费节省下来用于给我打电话，因为两个国家之间的长途电话费很贵。当他回到巴黎时，我们会尽快见面。周末,我去超市购物,他会替我拎矿泉水瓶。当我想从壁橱顶部取一件衣服时,他会利用他高个子的优势替我去拿。"这些我会为你做一辈子!"他发誓道。

一个看似完美的男人,必然有弱点。这被我在某天路易准备晚餐时发现了。他的菜谱是:烤箱版法式三明治。"这几乎是我在厨房里唯一会做的事情。"他有点懊恼地承认。因此,大多数时候是我准备食物。晚上剩余的时间内,我们在外面散步,看电影,聊天或者阅读,手拉着手肩并着肩。之后,到了该就寝时,他就回到父母身边。我仍然犹豫是否要将自己献给他。我需要确定,将把自己的童贞和感情交付给那个对的人。

一天晚上,我们共进晚餐之后,我在浴室内洗手,听到路易靠近。他从后面抱住了我,握住我的手用香皂擦拭,让细腻的泡沫轻轻滑过我的指间。他的体温和皮肤的味道,让我感到一阵眩晕。

"路易,有一天我会把自己交给你。但我还需要一些时间。"

"我明白。你的价值观是中国传统家庭的价值观。我可以等。"

他把鼻子埋入我的头发中,温柔地亲吻它。

"谢谢。感谢你的真诚和耐心。"

在一个阳光明媚的周六,路易带我去迪斯尼乐园游玩。在一个巨大的旋转"茶杯"中,我们疯狂地笑着,尽管到最后我差点被转晕。在模拟太空体验的影院中,失重让我感觉不舒服,路易紧紧地握着我的手让我放心。之后,我们登上一艘船,穿过一个洞穴内的地下小河。魔法娃娃唱着歌来迎接我们。在商店里,他坚持要给我买一只泰迪熊,它向我抛着媚眼。"这就好像我每天都陪伴你一样。"他说。夜色一点点降临,烟花将天空映照得万紫千红。多么美好的童话!

*

一月份,路易和他的几个朋友去阿尔卑斯山滑雪,以庆祝他被一家做过实习的公司正式录用。我本来很想陪他去,但我实习年的第二个实习开始了。我们的联系没有中断,路易每天至少给我打一次电话。一天晚上,我洗完澡后,发现电话答录机上收到了一通语音。"我悄悄溜出来一会。我在外面,天很黑,很冷,但我不想让朋友们听到我要对你说的话。今天我想为你写一首诗。我整天都在想这首诗。现在我念给你听。"

春燕

来自遥远的东方

她的笑容,一朵美丽的花

让我的心充满芬芳

哦,美丽的燕子

从春天歌唱到冬天

她的吻,陶醉的源泉

对我接连不断地催眠

她

在月光下翩翩起舞

她

在黄色的皮肤中欢欣喜悦

哦，这只黑眼睛的燕子

飞往别处的天空

她的话语，一种温柔

赠送甜蜜的彩虹

漂亮的女孩

在星空下看着我

她的裙子，一座新的迷宫

让我头晕目眩

是她

走进我的内心

是她

召唤着幸福

　　如何能够不融化？我的身体颤抖起来。他的诗句让我泪湿眼眶。我从来没有想过，有人可以为我写出如此美丽的文字。我曾经期待过，能够遇到一位甜蜜、浪漫、深情而富有教养的法国男士；现在，梦想正在实现。他们可能比我想象的人数要少，但那没有关系：其中有一个属于我。

　　假期归来后，路易经常来找我一起吃午饭，他的办公室就在几站地铁之外。每次我们分开时,他都会万分温柔地吻别我。走向地铁口时,他会转身好几次看我,并给我献上飞吻。渐渐地,我觉得我的心就像一大碗热巧克力那样被融化了。在我们最初交往时,我更多的是被路易感动而不是被他真正吸引。但现在,我对他的感情与日俱增。

路易既是分享快乐的完美伴侣,也是我心情不佳时坚定不移的支持者和倾听者。在中国准备庆祝鸡年之际,我又想家了。我知道原因:我想念我的父母。我在北京工作的时候,每年都会回家看望他们。每一次,年龄的增长在他们身上留下的痕迹都让我内心有所触动。自从我来到法国之后,我只在第一次实习结束时回去探望过他们一次。为了降低通话成本,我每周用国际长途电话卡给他们打一次电话。我们之间的讨论并不涉及私密的话题:我和母亲交谈的时间最长,她总是焦虑地想确认我身体健康,告诉我要吃得有营养并把足够的预算花在食物上,而不是把钱"浪费"在衣服上。"健康是最重要的。"她向我反复强调。

当我挂断电话时,有时我的内心会感觉到一阵忧伤。我在法国感觉良好,我也知道我可以在这里开创一份不辜负自己雄心壮志的事业。但我会留在这里吗?如果是,又会留多久?我还没有这个问题的答案。如果出现好的工作机会,不排除我会在短期或中期内回国。路易会同意跟着我去中国吗?我不敢直接问他这个问题。一天晚上,他向我透露,他的父亲是其所在领域内一家知名企业的总经理。这时我试着问出他的想法。

"我的父母都是普通的农民。我来自一个普通的中国农村。这对你来说是个问题吗?"

"没有任何问题。"

"那么,如果我决定回中国的一座大城市生活,你会同意跟我走吗?"

"无论你走到哪里,我都会在我的余生中跟随你。"

他立刻回答,没有丝毫犹豫。我极为诧异。在中国,因为真爱而追随对方并忽略自己的愿望,这种情况并不少见;但如果一对情侣来自两个相距甚远的国家,同样的事情真的能发生吗?

"你知道,路易,在中国,有一首流行歌曲讲的是'老鼠一生跟着大米走'的故事。"

"这首歌唱得对,"路易点头称是,"永远不应该把老鼠和它的米粒分开。"

说完这些话,路易拉着我的手,单膝跪在我面前,仿佛要送给我一枚订婚戒指。

"春燕。我爱你。我要你向我发誓,你永远不会离开我。"

"我向你发誓。我也爱你。"

路易的眼睛亮了。我们默默地注视着对方。什么样的女人能够抗拒这样的表白? 我最后的防御正在坍塌。

我爱上了一个人。

17　美丽而叛逆

在一家法国大型化妆品集团的奢侈品部门，我开始了第二份实习。这家公司各个品牌的广告在全世界各地展示，我在北京就见到过，这一切一直让我梦寐以求。能够发现传说中的法式美丽的秘密，真是太令人高兴了！我的实习老板名叫尼娜，意大利人，能同时讲包括法语在内的几门欧洲语言，不带任何口音。在她的指导下，我将为公司在机场免税店推出的新产品准备广告海报。我的任务还包括分析市场以及竞争对手的价格定位。

相关研究表明，我们对一个人的第一印象是在最初几秒内形成的。在化妆品领域内尤其如此，众多（或许太多）女性就职于此，彼此之间进行着一场围绕外表的无声的战争。在这里，着装必须体现别致和时尚的风格。我刚到团队，三十多岁的夏洛特就问我用的是什么香水。"伊夫·黎雪"，我不假思索地微笑着告诉她。她半失望半震惊地看着我。我想这对她来说还不够高端。我本应回答"迪奥真我"或"香奈儿五号"。她对我的看法似乎下降了一个档次。为了不让情况变得更加糟糕，我没敢让她知道，在中国喷香水并不流行，因为许多中国人认为那是一种可笑的技巧，用来掩盖令人讨厌的体味。

在外表华丽这方面，让人惊奇的发现还没有结束。当我应尼娜的要求去一位女同事的办公室时，我看到后者穿着一件领口很深的漂亮上衣。我既尴尬又惊讶，不知道该把目光投向哪里。这是我第一次看到有人在办公室里穿着要去参加舞会的服装。不过，我真的无法理解，在这里表现得多么迷人有何意义，因为在这家公司男人们属于稀有商品。但无论如何，她言笑自如，从容淡定。在中国的办公室内，若有人穿成这样，很可能会被认为缺乏职业精神，或者是为了吸引他人注意所做的一种孤注一掷的尝试。然而，在这里，一个大型化妆品集团的内部，这一行为却被认为是一种大胆的独创风格。简而言之，一种存在方式！伊夫·圣洛朗不是说过"穿衣是一种生活方式"吗？

我很快意识到，在公司食堂吃午饭是一个微妙的时刻。这里的规则是，你得一直和别人共进午餐。这证明你在企业内部有着良好的人脉网络，并且表明你受到许多人的欣赏。与同事约吃饭，通常需要提前几天计划好。我一般会设法找人陪伴，但有一天中午，我遍寻不着还没被约饭的同事。在去往食堂的路上，我已经想象到即将面临的尴尬。我选好饭菜后，在角落里找了张桌子，低下头，目不转睛地盯着我的盘子，仿佛这是世界上最好吃的菜。真丢脸！我周围所有的桌子都被其他员工占据着，他们有说有笑。时不时地，我看到有人投来同情的目光："可怜的中国人：没人愿意和她一起吃饭！"

我尽量快速结束这顿午餐。当我正忙于打造自己的隐身能力时，突然听到一个声音对我说话。

"春燕！你好吗？但是……你一个人吃饭？"

我抬起头。是夏洛特。她和一个我不认识的同事在一起。我觉得她吞下了话的另一半:"这怎么可能?"

"嗨,夏洛特……事实上,我今天有很多工作,我想快点吃完。"

"是的,当然。"

她微笑着,甚至向我眨了眨眼,然后继续向前走。

我不想再被人撞见这种情况。回到办公室后,我向销售经理布莱斯提议,希望在未来几天可以与他一起用餐。我的邀请似乎让他有些尴尬,但他还是接受了。有时候,这种新策略并没有结果,比如团队中另一位产品经理玛丽,她从不回应我的提议。是啊,和几个月后就要离开的实习生共进午餐,有什么意义呢?在这里,午餐是加强现有人脉或建立新联系的机会。你必须投资于合适的人。不可以浪费自己的时间!

除了发掘商业世界之外,这个实习也向我展示了某些法国社会的特殊现象。一天早上,尼娜让我为一个新产品——一种喷雾剂——制作一张广告海报。她递给我一张图片,上面是一个顶级模特躺在海滩上,皮肤呈现华丽的小麦色。我承认我不知道它是什么。"这是一种晒黑产品。你从来没有见过吗?"尼娜难以置信地问道。不,我从未见过。我的老板摇摇头,似乎是为了更好地表达她的惊讶。我以前知道法国人喜欢在海滩上晒黑,但还要再通过非自然手段去实现,这简直无法想象……产品的包装上写着:"在短短几个小时内,这款产品会给您的面部带来您一直梦想拥有的自然而强烈的棕褐色。"这种新奇产品的价格:每瓶 31 欧元!

花钱让自己晒黑?这是多么疯狂,多么浪费金钱啊!对于中国人，尤其是中国女性来说，太阳是个危险的敌人，对表皮有害，能导致某些皮肤癌。但这不仅仅是健康问题。晒黑让我们想起农民、工人以及所有在阳光下辛劳工作的人们。相反，白皙的皮肤是经济富裕和社会地位的标志。几千年来，它也一直是美的标准，正如中国谚语"肤若凝脂"所描述的那样：皮肤看起来像凝固的脂肪，光滑，精致，白皙。总之，在我的国家，美白产品更受欢迎。

在法国，情况正好相反。在完成工作任务的同时，我试着去了解这种特殊时尚的起源。根据尼娜的说法，太白的皮肤给人不健康的印象。这也表明你负担不起去度假、去海边或者去滑雪的费用。"不过，大约一个世纪之前，法国人还不知道如何欣赏黝黑的皮肤！"她补充道。所以，就和今天的中国一样。我很快发现，巴黎甚至还存在"晒黑中心"，你可以躺在一个能照射人造阳光的小舱内！这与"巴黎沙滩节"的原理相同：行人们躺在遮阳伞下的躺椅上，闭上眼睛就能想象身在海边，而并非实际所处的塞纳河热夫尔（Gesvres）堤岸。

几天后的一个早晨，在另外一个部门实习的德国人戴维来到办公室，他的鼻子变形，带着瘀伤，几乎有点扭曲。这制造了一种既悲伤又滑稽的效果。他在离开一个友人派对回家的途中，拒绝了一些小年轻向他索要香烟的要求，这些人恼怒之下袭击了他。他的主治医生将他介绍到耳鼻喉科，但后者在两周内已经全被预约了。十四天内徘徊在办公室里，让自己的古怪鼻子吸引所有人的目光，这实在没有什么可令人羡慕的……法国以其优质的医疗系统而闻名，但医生的需求量也很大。在咨询专科医生之前，一般首先需要咨询全科医生，除非例外情况。在中国，病人一般会去公立医院,不需要提前预约,即使有时在医院里需要等上好几个小时。

在法国,日程规划似乎扮演着至关重要的角色,不仅对医生而言,而且体现在日常生活的各个方面。在来巴黎之前,我从未使用过日程记事本。在这里,它和毛泽东时代的小红书一样不可或缺。人们每天打开它几次,并且总是知道它放在哪里。法国人的生活由一系列的不同期限组成:午餐、会议、与朋友一起喝酒、晚会……每一场约会,都需要一场讨论来确定合适的日期和时间段;之后它将被记录进神圣的记事本中,通常再也无法从那里脱身。

和一个中国人约会绝不会如此复杂,五秒内就能口头定下来。取消一个约会也一样,即使是在最后一刻,甚至面对高职位的人。如果取消有正当理由,对方也不会有异议。在我们的文化中,如果有一件事情是永恒不变的,那就是变化。如同一年四季不断交替。每个人都必须不断适应环境的变化。然而,对于生活及其不可预见的事件,并不只有中国人才持有灵活的视角。比如,希腊哲学家赫拉克利特就认为:“人不能两次踏进同一条河流。”

我在这家化妆品集团的实习很快就要结束了。不过我并没有开始懈怠:我尽量快速有效地完成各项任务。尼娜对我的工作很满意,并将此直接告诉了我。我很高兴。我以为自己已经发现了法国企业里所有令人惊奇的事物,但是又一个法式特征出现了。那天,老板要求我去迎接几个日本同事,他们在不远处另外一座办公大楼内等待。天下着瓢泼大雨,我将不得不穿过几条街道去迎接他们。

我抓起两把雨伞准备出发，这时尼娜的助手说话了。

"尼娜，雨下得很大，春燕可以等一下，对吧？如果她现在就走，她会浑身淋透的。"

"你说得对。春燕，留在这里，我会通知日本同事，我们先等雨小一点。"

这太不可思议了。不但尼娜的助理毫不犹豫就挑战老板的决定，而且老板似乎一点也不生气。在我的国家，这是不可想象的：我们通常不会对上级说"不"，也不会质疑他说的话。在普通话中，"领导"这个词含有"领（头领）"和"导（引导）"两层意思。领导需要做决定并下达命令，下属只需满足于好好执行。我不敢置信地回到我的位置上，继续工作。外面，倾盆大雨继续倾落在院子里。希望日本同事们不赶时间……

几天后，在我的实习评估面试中，这种与上级的特殊关系将会更为直接地影响我。在尼娜专门为此预订的会议室里，她带着愉悦的心情开始朗读准备好的评估报告。

"春燕非常认真，积极地参与到分配给她的各项任务中。"

我很高兴。看到自己的努力得到认可，真令人开心！她继续往下念。

"但是，我们对她过于顺从、不知道如何树立自己的风格，感到失望。"

什么？太顺从了？一个人在工作中会过于顺从吗？

"对不起，尼娜，你能进一步解释一下吗？"

"好吧，我本来期待你能时不时质疑我的决定，但你从来不敢这样做。我甚至有时故意夸大某些要求来测试你,但你总是非常听话。"

我无法相信。驳斥或者反对你的领导,不仅是可以被容忍的,还是一种有价值的做法!我惊呆了。

"真遗憾,你没有早点向我解释你的期望。"

我的意见似乎令她不快。她突然变得不耐烦,宣布我们必须赶紧结束面谈,因为有一个会议还在等着她。我的反驳并不是批评,但即使是批评,尼娜不是刚刚才鼓励我要更多地反驳老板吗?我完全迷失了。

因此,在法国,建立自己的"风格"——无论在外表还是在个性上——比在自己的角落里努力工作而不质疑上司的命令,更为重要。从中国传统观点来看,表现得独特新颖或与众不同会招致麻烦,正如谚语所说,"枪打出头鸟",或者,"树大招风"。中国人坚持寻找"中庸之道":当你不太偏右或不太偏左时,你就处在最安全的区域!

在法国人当中,乐于说"不"的传统应该源自法国大革命或1968年五月风暴中的"反叛"精神。在中央之国,对于上级无条件的尊重也是一种历史遗留,因为封建社会等级分明,不会反对权威。在我们的教育体系中,可以找到这段历史的痕迹:学生们通常应该全盘接受老师教授的一切知识。这种条件反射般的模式一直持续到成年生活。

我的一位中国朋友就职于一家国际集团。他的法国老板在一次午餐结束时,为整个团队支付了咖啡。见老板端着装满咖啡杯的托盘，他冲过去替他端到桌上。"你为什么要给老板端托盘？"他的法国同事几乎被这一幕震惊，问他说。我的朋友不知道该如何作答，他也无法理解这个问题的含义，因为在他看来，他的反应再自然不过。

西哈诺、孔子与我

18　恩典时刻

　　我现在几乎每天都坐地铁。"地铁、工作、睡觉"：巴黎生活的官方口号一直未变。在巴黎，乘坐地铁或公车是每个人日常生活的一部分。然而，在中国，使用公共交通工具往往被认为缺乏财力：有足够收入的人应该乘坐出租车，或者拥有自己的汽车，无论是否配备司机。

　　那天早晨，天下着大雨。这并没有影响我的心情，我走进地铁车厢内躲避。坐下后，我听到两个中国人在讨论最近一场欧洲足球赛。两个人语速飞快，带着激情、兴奋，以及球迷典型的热烈。坐在我旁边的一个法国小男孩看到这一幕，抱住了他的母亲：

　　"妈妈，他们为什么吵架？"

　　"别害怕，我的小心肝。他们当中一个人可能做了件愚蠢的事情。"

　　我笑了。对于不讲汉语的人来说，普通话听起来有时可能带有些许攻击性。它的声调不断上升和下降，会给他们一种错误的印象，即说话者是紧张或愤怒的。法语则更平和，声调没有那么明显。

　　偶遇中国人是巴黎地铁带给我的日常小乐趣之一。我喜欢听他们讲普通话。这是我自己小小的"普鲁斯特玛德琳蛋糕"①。我虽然不会夸张到拉住同胞们一起闲聊，但我乐于帮助那些向我问路的中国游客。他们也很高兴能够使用自己的语言交谈。这些转瞬即逝的默契时刻使我嘴角上扬，内心温暖。

尤其，地铁是观察巴黎人日常状态的理想场所。周一早晨是欣赏这座城市原住民的特殊时刻：他们犹如机器人一般登上地铁，像雷达般扫描整个车厢以寻找空座，沉默不语，脸上没有丝毫表情。周末结束归来，他们还没有完全清醒，似乎在尽全力睁开眼睛。开完派对后的早晨，他们不得不挣扎着起床，昏昏欲睡，疲惫不堪。观察这些人体活标本，我不禁听到他们在内心深处，唱着这支粉红马丁尼乐团的经典之作：

> 我不想工作
>
> 我不想吃午饭
>
> 我只想遗忘
>
> 然后抽烟

周五晚上，地铁里的气氛截然不同：一切变得轻松愉快。巴黎人士气高涨，就像一架被弹射到天空的航天飞机。每个人都不耐烦地看着自己的手表：浪漫的晚餐，与朋友的团聚或者疯狂的派对在等待着他们！在这个公共场所，我还发现了一个之前不了解的

① "普鲁斯特玛德琳蛋糕"指任何能让人回到童年的东西，就像玛德琳蛋糕的味道带给法国作家马塞尔·普鲁斯特的回忆一样。这种表达方式的灵感来自他所著的《追忆似水流年》一书中的一段话。

西哈诺、孔子与我

习俗：男孩或女孩的结束单身生活派对，这在中国是没有的。那天晚上，我看到站台上一个年轻人穿着嘉年华风格的服装，戴着一顶奇怪的帽子，被几个朋友围在中间。他们上车后，开始大声唱歌。之后，在地铁抵达每一站时，这位未来的新郎都会立刻冲下车，跑向站台的墙壁，用指尖触摸它，然后在车门关闭之前尽全力跑回来。有几次他差点被自动门卡住，他的朋友们一边用力拉他一边嘲笑他，如同众人从地里拔出一根大胡萝卜。但是，法国人都是怎么想到去做这些事情的呢？

我毫不厌倦乘坐地铁所带来的消遣时光。我可以一整天看着这些来自世界各地的男男女女，从不觉得无聊。巴黎地铁也是诗人和知识分子的热门去处：与中国相比，在这里更容易遇到乘客在阅读书籍或报纸，或专注于填字游戏以至忘记了周边的世界。有些乘客则表现出极大的团结精神：他们会记得在下车前将报纸放在座位上，留给下一位乘客。

一个周日的下午，我看到一个年轻人手里拿着几张纸登上地铁。他开始大声朗读自己写的一首诗。"如果您喜欢我的诗，您可以自己定价格来购买。"他补充道。然后他向众人分发他的印刷文本。几名乘客也许被这魅力折服了，或是仅仅被逗乐了，拿出了他们的钱包。这是我在地铁里见过的最为独特的乞讨方式。如果我们的诗人在北京或上海也这样做，他很可能会被视为游手好闲的社会边缘人，或者危险的精神分裂症患者，他的作品将换不到一分钱。

乘坐巴黎地铁，并不总是令人愉悦的。我最糟糕的一次经历还要归功于那家"用你的脚走路回家"公司，或者也称"你尽管抱怨"公司①。那个时候,地铁里使用的还是以前那种橙色地铁卡——日常出行需要的通行证。当我在沙特雷-大堂站转乘时,看到旋转闸门后站着一大堆查票员。我走过他们身边,问心无愧地把我的橙色卡递出去。一个大腹便便的秃头查票员,从各个角度仔细检查我的地铁卡。突然,他面露喜色。

"啊,您没有贴照片。罚款 25 欧元。"

许多巴黎人从不在他们的橙色地铁卡上放照片,但似乎少有人在意这一点。为什么要在这种细节上找我麻烦?自从来到法国后,我已经明白了,对抗是这里的一项全民运动。这一次,我要在这个领域里大放异彩。

"先生,我没有把照片贴在卡上,那是因为我刚刚换了新卡,我还没有想到要去做这件事情。但是,我的照片明明就放在卡里,而且卡上还写有我的名字!"

"您必须一直将您的照片贴在橙色卡上。这是规定。"

"为什么你们要向那些真正买卡的人找麻烦呢?那些跳地铁闸门的人却可以高枕无忧!"

我的评论立竿见影:查票员向我投来了恼怒而严厉的眼神。我察觉到他的内心想法:"您将要受到惩罚,因为您竟敢反对我!"

"请您支付 25 欧元!"

"根本不可能!"

---

① 法文原文是"Rentre Avec Tes Pieds"(用你的脚走路回家),以及"Râle Autant que Tu Peux"(你尽管抱怨),这两个句子中单词首字母连起来都是 RATP(巴黎大众运输公司)。法国人用这些来调侃这家员工动不动就罢工的公司。

西哈诺、孔子与我

谁都不让步。一股热血涌上了我的脸部。周围的乘客极其惊讶地看着这一幕。头脑迟钝的检票员最终告诉我，如果没有立即支付罚款，将会有双倍罚款单寄到我家。出于诚实，我给出了我的真实地址，但心中仍然坚定地要维护我的信誉。

几天后我收到了罚款单。我立即写了一封信，讲述了整件事情的来龙去脉，以及我生气的原因，并附上了我过去几个月橙色地铁卡的付款收据。不久，我就收到了一封回信。

> 小姐，我们已经收到您的信件。我们确实观察到，您每个月都为您的橙色卡付款。为了结此事，我们恳请您支付 10 欧元的友好罚款。

这不是完全的胜利，但由于不会有更好的结果，我勉强接受了。既然找不到完美的解决方案，中国人喜欢"大事化小，小事化了"。与法国人不同，任何可以避免冲突的方法在中国人眼里都是好的。另一方面，"友好罚款"这个说法让我怀疑：在这次不合理的罚款中，到底有什么友好的？

*

巴黎人在地铁中吵架的情况并不少见。这种场景在世界上所有的大都市中都可以看到，但巴黎式争端却有一个前所未有的特点：它混合了斥骂和礼节。一天早晨，我目睹了一对年轻情侣和一位老妇人之间的争吵。原因是：年轻人的狗踩到了这位已经退休的老人的脚。这只动物似乎意识到自己做了蠢事，面带悔意，躺在地上一动不动。

"你们就不能让自己的狗待在家里吗？它打扰到了这里的每一个人！"女士非常生气地说道。

"我们很抱歉，女士，但是与一只畜生较劲是没有意义的！"男人回答。

"它踩到了我的脚，你们承认吧！"

"我们承认了，我们也道歉了。您还想要什么？惩罚狗？去踩它的爪子？"

四周紧张的气氛可以让我烦躁不安，此刻却更多地让我想发笑。我忍住了：这无助于平息目前这种对峙。

老太太继续升级争论。

"你们太荒谬了！"

"并不比您更荒谬！"男人回击道。

双方都认为自己是对的。没有人认输。全车厢的人注视着这个场景，犹如观赏一部戏剧。争吵持续了三个地铁站。最后，这对夫妇下了车。一下到站台，男人就最后一次把头转向老年女士，朝她甩了一句话：

"祝您度过美好的一天，老蠢货！"

这句带有侮辱性的礼貌用语在我看来相当有趣，并且本身就是法国精神的象征。这是何等的敏捷度，何等的想象力，何等的创造力，哪怕是在硬对硬解决争端时！

我不仅是地铁里类似场景的旁观者。有一次我碰巧在那里扮演了主角之一。那天我乘坐 14 号地铁线，一个很久没联系的中国朋友打电话给我。我们聊了几分钟，我已经注意控制了音量。但挂断电话后，我听到一个声音。

"小姐，这里是巴黎。您说话应该更小声，尤其在讲一门外语时！"

我抬起头。一位头发蓬乱的干瘦老太太正用轻蔑的目光看着我。她一定把我当成一个顺从腼腆的亚洲年轻人，刚刚从乡村抵达巴黎。前一段时间确实如此，但她不知道的是，巴黎人已经对我产生了影响。我高声反驳：

"女士，我并没有大声说话。另外，我们在法国必须说法语吗？或者，是您和外国人不能和平共处？"

我的回答让她目瞪口呆。她不知如何作答，默不作声。我赢了，她再无还手之力。其他乘客一言不发地看着我们。我在下一站下车，为能应付这位无理取闹者而感到自豪，但内心仍然因为这次不快事件稍有触动。突然，一只手拍了拍我的肩膀。是一位五十多岁的优雅法国女士。

"小姐，不是所有的法国人都有这样的行为。您别介意。"

我对她的这份关心既惊讶又感动，于是热情地感谢了她。

内心冷酷而优雅：这就是美丽辉煌的巴黎地铁。

19 玩具小熊与共产主义者

这件事与春天同步发生了。路易和我将彼此的第一次交付给了对方。这是一个令人难忘的充满爱与甜蜜的夜晚。然而,在我与路易的关系中,有一个现象正在变得更加令人担忧:他在做决定时极度依赖我,尤其是在决定外出活动时。在巴黎,有着无数的休闲娱乐可能性:餐厅、电影院、剧院、音乐会、展览、运动……但路易最喜欢宅在家中,或者总是跟随我。在我们刚开始拍拖时,我将他这种反应诠释成他不愿意强加任何意愿给我,让我可以自由选择。但经过几个月的恋爱,我意识到,他的这种性格暴露了一种懒惰,尤其是一种无法在恋爱关系中清晰树立观点的明显的无能。我承认,女性一直为她们的自由而战,对此我表示欢迎,但不能因此就让她们负责作出一切决定。

诚然,我是一个坚强而独立的女人。然而,我同样推崇阴阳精神,这种永恒平衡的原则保证了持久而宁静的和谐。此外,与许多女性一样,这种性格里的力量与我们身上存在的某种脆弱并不矛盾。我们也喜欢被引导,感受被一个强有力的、相信自身品味和选择的伴侣保护。又一次,我们在一家不得不由我选择的餐厅内用完晚餐,这时我尽力以微妙和隐喻的方式向他敞开心扉。

"路易,想象一下,在我们的情侣生活中,我们需要开车。你会掌控方向盘吗?"

"用来做什么呢?你不想自己决定走哪个方向吗?"

"我喜欢做决定,但不希望一直都是我在做决定。"

"对不起,我习惯这样了。在我家里,是我妈妈打理一切。"

此前,我已经注意到路易的母亲在他生命中所占据的重要位置。我从未见过她,但我很快就明白,在她家中,她是无可争议的一家之主。如果路易离开父母来看望我或者出差,没有哪一天他会忘记给他妈妈打电话。只要她觉得合适,她也会毫不犹豫地获取她亲爱的儿子的消息,而路易会立刻接听,详细向母亲讲述他日常生活中最小的细节。但凡他有些许怀疑或者困难,他就需要借助她的判断力,并且从不反驳。起初,我觉得路易和他母亲之间的这种亲密关系很感人,但我必须承认,这变得越来越烦扰。既然我亲爱的男友勉为其难地讨论到这个话题,那我就借此进一步把话说开。

"你为什么每天都要给你妈妈打电话?"

路易似乎不明白我这个问题的意思。

"因为我们喜欢互相交谈。"

"你看,我和我父母的关系也很好。我住得离他们很远,但我每周只给他们打一次电话。这对于我们来说已经足够了。"

"出于习惯,我和妈妈每天都打电话。"

"你是个大男孩,你有自己的生活。你不需要每天向你的母亲作日常行程报告。"这一次,他看起来不高兴了。

"这样说不好。我妈妈和我很亲近,仅此而已。"

"我妈妈":这种谨慎的措辞已经说明了很多东西。路易显然生气了,但又担心会让争论升级,于是赶紧转移话题。我暗自希望这次紧张的交流能让他有所思考。

我主动退出了这场对话,但这显然没有起到任何效果。路易继续每天致电他母亲。我试着正面看待这个问题:一个对母亲如此依恋的儿子,将来也会是一个对妻子非常依恋的丈夫。他的这个习惯让我想起,中国女人喜欢抛给伴侣的那道送命题,虽然她们一直无法得到明确答案:"如果我和你妈妈同时掉进水里,你会先救谁?"在我们这对情侣当中,不会出现这样的问题:我会游泳。

他这个迄今为止还只是有点惹人生气的性格,因为一个意外的发现,让我开始担忧。一个周日下午,路易邀请我去他家,他父母外出度假了。我很少去那里,每次也不会久留。我第一次进入他的房间。不出所料,一切收拾得整洁而井井有条。但一个奇怪的细节引起了我的注意:一只可爱的小泰迪熊正坐在路易的床上,天真无邪地朝我微笑。我不喜欢追问缘由,但我必须弄清楚。

"为什么……你的床上会有一只泰迪熊?"

同时,我做出一个动作表示想去抓那只毛绒玩具。

"不要碰!"路易喊道,"这是我出生时妈妈送给我的泰迪熊。除了我,没有人有权利碰它。"

"但是……你是认真的吗?"

这是一个明知故问的问题:我从未见过他如此认真。我目瞪口呆。我还没有时间从震惊中缓过神来,第二只泰迪熊就出现在我的视野中。它靠在房间另一个角落里,全神贯注地看着我。

"这一只,你可以去碰。"

"啊,谢谢你路易,你真是太好了。这是多大的荣幸啊!"

说教对他有什么用呢? 他的直接反应证明,他没有思考过他对这些儿童玩具的依恋。试图用理性的论据让他意识到这种情况的怪诞,是不会有任何结果的。于是我尝试打出一张嘲讽牌,这是在我眼里唯一有效的方法。没有解释什么,我在房间内踱步,长时间地逗留在每个角落。

"春燕,你在做什么?"

"我正在寻找你的第三只泰迪熊。没有理由你只有两只啊。你把它藏在哪里了?"

"没有第三只玩具熊了。"路易笑着说,他突然轻松了许多。

"如果我理解正确,你真正的激情、你一直瞒着我的那个激情,是泰迪熊吗?"

"不:我的激情是你。"

他亡羊补牢得很好。说到底,也许我就是他的第三只泰迪熊。我强迫自己洒脱地接受这个新的发现,但在内心深处,我仍然震惊不已:一个二十五岁的男人在自己的床上,一直放着一只其他任何人都不能触碰的泰迪熊,这正常吗? 在这件轶事本身的荒谬之外,我明白了一件事:这个泰迪熊象征着路易对他母亲的不合理依恋。而从依恋到服从，只有一步之遥。谜团的答案在我的脑海中拼凑：如果路易不在我们的关系中做任何决定，是不是因为他正在寻找一位像他母亲那样能够主宰家庭、同时主宰他的女人？这是我还没有机会探索的法式浪漫主义的未知层面。

五月，我们出发去诺曼底共度一个长周末。在参观完埃特雷塔、翁弗勒尔和多维尔三地之后，路易开车带我去参观他家的一座乡间别墅，它隐藏在一片小森林里。我们只在外面看了看，拍了几张照片，并没有进去。他妈妈没有给他钥匙，因为怕我们弄脏了这个地方。"我妈妈有洁癖，她总是在打扫卫生。"只要她在见到我的那一天不打发我去洗澡，我会接受的。

*

关于"妈妈"的话题不请自来。唉，对于我——我们两人来说——这话题不会很快消失。在这个插曲后不久，路易趁着有一次我在他家吃晚饭的时候，向我吐露了他母亲对于我们关系的评价。"妈妈"其实想知道我是不是……一个利用她儿子的女人。

"她为什么要说这种话？"

"因为她还不认识你。"

"利用你？利用你的钱吗？但我和你一样经常买单，除非是你自己坚持单独买！而且，我怎样才能瞒着你利用你的钱呢？"

我愤愤不平。尽管我出身贫困，但靠着辛勤的工作和真正的努力，我能够在人生中前行，从来没有"利用"过任何人；但现在我被认为是一个身无分文的、不诚实的农民。我被激怒了。

"别生气,是她担心这个,不是我。"

"可是她为什么会有这种偏见呢? 她都从来没有见过我!"

"我都知道。我告诉她你不是那种人。"

我之前听过一些对中国女性的这种偏见。我有个来自广州的朋友惠,她有一个交往了一年的巴黎男友。几个月前,她告诉我,她偶尔发现男友母亲的一封邮件。后者生怕惠用这段关系作为借口,来大手大脚地花男朋友的钱并取得法国公民身份,就好像中国女人在法国生活的唯一目的,就是拥有法国护照! 这个故事中最糟糕的部分是,慧的收入其实比她男朋友的要高,他甚至住在她的公寓里,也没有向她交过房租。这简直不可思议。

在一次商业鸡尾酒会上,我和一个"大学校"毕业的年轻人,进行了同样的讨论。

"成功的关键是努力工作。"我和他说。

"或者嫁个有钱人……"

"为什么不呢。嫁一个正在去天堂的富豪!"

"哦,这并不让我感到惊讶。你们中国女人对钱充满激情。"他用一种轻蔑的口吻说道。

"的确,依靠金钱比依靠某些白痴男人更可靠!"

光阴似箭。八月,路易和我去巴塞罗那度假一周。我很快就成为西班牙海鲜饭的狂热爱好者。回到巴黎后,我们在一起的时光总是那么甜蜜和快乐。自从开始交往以来,我们几乎没有吵过架。

　　秋天到了,路易建议我去见他的父母。这不是他第一次和我提出这个想法。到目前为止,我一直拒绝,声称还没有准备好。有两个原因阻止我跨过这一步。首先,因为他妈妈对儿子老母鸡保护小鸡似的看护,以及她对我的一些刻板印象,使我担心会与她发生矛盾。其次,即使我很难对自己承认这一点,我有时也会怀疑我对路易的感情。他那软弱、优柔寡断、时而乏味的一面,让我的热情降温。我爱他,但我并没有被小说中所描述的那种吞噬一切的激情所淹没,我也期待能够感受那种激情。不过路易越来越坚持他的提议,急于解决他母亲对我的不信任问题,他明显对此感觉不自在。最终,我勉强答应与她见面。

　　在路易家中的第一顿晚餐,以完全平和与愉快的方式结束。不出我所料,路易的母亲吉纳维芙虽然是位家庭主妇,但她也是家中的王后,带着几乎夸张的资产阶级态度。路易和他的父亲休伯特一样,用餐中不太健谈。女主人彬彬有礼,对我的人生历程充满了好奇。她坚持问我来法国继续求学的动机。我向她解释说,我被法国文学和发掘大千世界的想法所吸引,而这来源于我童年时的阅读。她与我保持着一定的距离,我将此归结为她的社会阶层背景。也许我对她的防御心太强了。用餐结束时,她提议路易和我一起去他们在布鲁塞尔的别墅中共度周末。路易对这个想法兴奋不已。我也毫不犹豫地接受了。

　　我们从巴黎乘坐火车抵达布鲁塞尔。路易的父亲开车来接我们。我坐在后座,在整个行程中保持安静;路易和他父亲则在前面

　　　　　　　　　　　　　西哈诺、孔子与我

天马行空地聊天。三十分钟后，我们到达住处：这座两层的别墅占地数百平方米，位于布鲁塞尔郊区一片极其安静的绿色之中，周围环绕着众多树木和一个巨大的庭院。在一顿丰盛而未出意外的午餐之后，我们前往市中心，路易的父亲留在家里。我亲爱的男友开车，他妈妈坐在副驾座，我坐在后面。饭后的消化导致我昏昏欲睡，这时，"未来婆婆"开启了健谈模式。

"对了，春燕，你毕业后想在哪个行业工作？"

"我想从事咨询工作。但是咨询公司的入职面试真的很难，比传统公司的职位更难申请。我需要做很多准备。"

"这是错误的。你怎么能说出这样的话？"

她的语气变得难以辨认，恼怒而傲慢，带有令人难以置信的进攻性。这太粗鲁，太出乎意料了。我完全惊呆了，一时竟不知如何作答才好。路易注意到了我的窘境，赶紧来支援我。

"不是，妈妈。春燕是对的。咨询公司的招聘过程非常复杂：他们在面试中让候选人进行各种案例分析，这与常见的招聘流程完全不同。"

"不，她错了。"

"我向你保证，她是对的。"

"不，我告诉你她错了！"

谈话的气氛变得又沉重又尴尬。我目瞪口呆，一言不发。似乎没有人愿意继续讨论下去。路易的母亲也不再说一句话，我不知道这是因为她不想让事情变得更糟糕，还是表示一种让步。在这冰冷的氛围中，我们到达目的地，各自再去往不同的地点购物。

我们约定两个小时后在停车处见面。路易依然沉默不语，他带我去了布鲁塞尔大广场。我们在一家巧克力店前停下，进去小逛。出来时，他手中拿着一个装有心形巧克力的包装盒。

"它们象征着我对你的感情。"他细心地指出。

晚上，在餐桌上，气氛不再热烈。路易的母亲表现得很正常，对我说话保持距离和礼貌，就好像刚才的意外事件没有发生过一样。而我很难再让自己神情自若，车内的一幕仍然在我脑海中挥之不去。

晚餐在这种透着冷淡的气氛中进行。在接下来喝咖啡时，吉纳维芙觉得有必要再一次试探我。

"春燕，你怎么看待共产主义？"

我困惑不解。自从我两年前到达法国以来，还没有人问过我同样的问题。在我的国家，这个话题在日常生活中鲜被提及。

我不知道要回答什么。我不能给出可能会被错误解读的详细解释。无奈之下，为避免引起争议，我背诵了我在初中和高中课程中所学习的关于共产主义的学术定义。

"共产主义应当会代替资本主义。要实现共产主义，实际上需要创造出无限的财富，这应该会使得……"

"共产主义如何能代替资本主义？太荒谬了！"她发怒道。

她的语气既粗暴又居高临下，与在车里争吵时的语气一模一样。她身体的反应是惊人的：她看起觉得很恶心，就好像在点了鱼子酱之后，有人给她端来了一盘烤昆虫。

这一次,我不想再被人教训而不作出任何反应。之前汽车里的插曲因为事出意外,让我的大脑暂时短路了。但我已经有了足够的时间来恢复我的理智以及我的骄傲。

"我只是在向您讲述卡尔·马克思的理论。共产主义社会将会在资本主义社会后出现,并将为所有人提供物质福利……"

她再次打断了我。

"所有这一切都只是一本虚构的小说。你怎么能有这样的想法?"

路易的父母震惊地看着我,神情厌恶。我的男朋友大汗淋漓。他被卷入了双方交火之间,如坐针毡,但显然,他并没有选边站队的打算。他平日里如此沉默的父亲,现在也明确地选择了阵营。

"似乎不可能实现无限的财富,让每个人都拥有这些并随心所欲。即便真如此,比如每个人都能拥有一辆汽车,你能想象得到,在像巴黎这样的许多饱和城市里,会出现的交通拥堵吗?"

"也许在未来,汽车会装上翅膀,能够克服这个问题……"

在这么回答的时候,我想起了小时候读过的一本科幻小说——《小灵童漫游未来》——里面有会飞的汽车。谁知道未来会怎样呢?但对于路易的父母来说,我的回答是蛮横无理的标志。

"我们完全在异想天开。现在是时候去睡觉了!"路易的母亲果断地说道,不再掩饰她的恼怒。

路易带我去他楼上的卧室休息。自从刚才开始争论以来,他一直没有说过一句话。他现在也认为我是共产主义外星人,或者中国政府派来的间谍吗?我们上床睡觉,互不关心,一言不发。路易很快熄了灯。我无法闭上眼睛。我不过阐述了一种理论定义，为何他们会变得如此尖刻？

在当代中国，共产主义首先与为集体利益牺牲的意识有关。我上小学时，学生们被鼓励互相帮助，为全班打扫教室，将在街上拾到的任何金钱或者贵重物品交给老师或警察。我们以雷锋为榜样，他是一名士兵和共产党员，二十二岁时就牺牲了。他因为无数的团结互助行动——尤其在面对陌生人时——而变得有名。"学雷锋做好事"，是很多孩子学习的口号。

第二天下午，在与路易的父母一起安静地吃过午饭后，我们两人乘火车返回巴黎。趁着这旅途中的时间以及我们重新获得的私人交谈空间，我和我的爱人就前一天他一直旁观的超现实的谈话，交流了看法。

"我不明白你父母昨天的反应。我说了蠢话吗？"

"只是我们不习惯听到这样的话。没什么大不了的，你不用担心。"

我凝视着车窗外滚动前行的风景，内心仍然感到受伤和困惑。为什么路易的妈妈每次和我说话时，总是使用居高临下的语气？为什么他的爸爸看起来也不欣赏我？大多数时候，他似乎对我并不感兴趣。路易的父母是否对我自身、我的文化以及原生家庭背景不屑一顾？他们这些爆发出来的声音难道不是想以一种迂回的方式让我明白我配不上他们的儿子吗？他们是否能意识到我为了从中国来到法国，以及到达今天这个位置所付出的一切努力？

路易若有所思地看着我。前一晚的场景似乎对他触动很大，并不像他想表现出来的那般无所谓。

"春燕，你最喜欢的童话人物是谁？"

"白雪公主，因为她手下有七个小矮人为她服务！"我开玩笑说。

我们开怀大笑。气氛变得轻松了。但并没有持续太长时间。

"春燕，我想我不能和你一起去中国生活了。"路易用他柔和的声音继续说道。

"可是……你说过无论我走到哪里，你都会跟着我……"

"是的，但不是去中国。"

"你为什么这么说？你从来没有去过那里。你对这个国家一无所知。"

"我没有意愿去看一看。"

"那么好，我一个人去。"

这一次，一股冰冷的风吹在我们之间。我没有马上回中国生活的打算，我也没有确定对未来的规划，但他和他父母的态度已经足够令我气恼，让我想表演这一出喜剧。

"事实上，我在想：你不是共产党员吧？"路易坚持问道，"我妈妈说你肯定是的，但我告诉她不是。"

审讯仍在继续。我开始厌倦了，但我不能对路易撒谎。

"我在北京读书时是共产党员。这不是强制性的，而是许多大学生自行选择的。毕业后，我停止了交纳党费，所以我已经被党自动开除了。"

"所以你曾经是共产党员？我真的很失望，春燕。"

我耐心地向他解释，我所观察到的中国人对于共产主义的看法。但我的论据似乎不起任何作用。毫无疑问，路易非常生气，几乎在怀疑我。

下车后，我们决定各自回家。我们的临别亲吻里已经感受不到真挚的感情。这个吻仍然带着上周末的伤痕。有什么东西发生了变化。

有什么东西被打碎了。

20　终点站

中国社会培养妥协和寻求高度的艺术，正如一句谚语所说："退一步海阔天空。"缓和紧张关系，寻求双方和解，在质疑自己之前，不将错误归咎于对方。所有这些都是我们传统价值观的一部分。随着年终庆祝活动的临近，路易告诉我，他的父母计划在比利时的住所内与家人一起庆祝新年。他们希望我到场。从布鲁塞尔的周末开始，我们又恢复了往常的拍拖节奏，而路易再次表现得细致入微和饱含深情。就我而言，我试图抹去这段糟糕的记忆，说服自己继续往前走。但是，尽管我付出了很多努力，要再次去见路易的父母仍然让我觉得勉强。路易继续坚持。经过了一周的思考，我接受了邀请。我察觉到他们希望要与我和解的愿望。不然，为什么要邀请我？

那一天，在现场，平静并没有持续多久。晚饭刚结束，我们还坐在桌旁时，他的父母就用严肃的语气向我宣布，他们想和我讨论一下。在路易和他一个妹妹的注视下，两人都坐到了我对面，就像调查员即将审讯嫌疑人。吉纳维芙首先宣称，她知道我受中国政府的控制，毕业后我会被遣返回中国。我被这话惊得差点从椅子上跌下来。我尽量克制自己的情绪,告诉她她搞错了。她不相信,担心我强迫她儿子今后去中国生活。在她眼里,这是一个"专制"的、会让他儿子"丧失自由"的国家,他在那里"找不到工作",只能吃"乱七八糟的东西",住在"乱七八糟的地方"。一个专制的国家,就像我一样,她补充道:你不是告诉过路易"我喜欢白雪公主",因为她乐于剥削那些可怜的小矮人吗?我难以置信:路易向他的母亲复述了我们之间所说的一切,从而为她的妄想提供各种素材。"你配不上我的儿子!"吉纳维芙终于脱口而出,仿佛她所有的表现只是为了得出这个结论。路易不安地看着我们,但仍然沉默不语。

我的心跳得厉害,如同被人用石头砸中一般。我的双眼蒙上了一层雾水,悲伤包围住我全身,我怒火中烧。

"这是新年跨年夜,你们怎么能这样对待我?"

"小姐!"

她现在"尊称"我为"小姐",并从之前称呼我为"你"改成了"您",同时提高了音量。

"您能够和我们这样讨论很好,但是您有一个很大的缺陷,就是您的法语说得不太好!"

我真的很难相信刚刚听到的话。告诉一个中国女孩,她最大的缺点就是法语说得不好……这是何等的傲慢!我有没有和任何一个法国人说过,他最大的毛病就是中文说得不好?

"妈妈,你不能说这话!"

路易终于打破了沉默,但他的声音很软弱。他没有再讲出其他任何可以或多或少捍卫我尊严的话。我站起身,泪流满面。这是从未有过的屈辱。我试图叫一辆出租车去布鲁塞尔车站，但没有找到。第二天一大早，我就回到了巴黎，没有任何犹豫。路易试图阻止我，但那是徒劳的。我已经忍无可忍。

重返巴黎的日子很困难。非常困难。一月份标志着我在 HEC 最后一个学期的开始：我必须在九月份之前找到一份工作，才能在法国延续我的居留。最后一学年的课程要花费大量的时间，此外我还有论文需要完成。我往返于巴黎和校园之间，参加一些工作面试。我必须拥有掌控自身来实现目标的能力，但我很难集中注意力。我的情感挫折削弱了我。我的理性告诉我路易不适合我，但我的内心深处还无法接受这个现实。更糟糕的是：那种羞辱感仍然存在，并且继续折磨着我。夜间，我难以入睡：我被公开欺辱的场景在我的脑海中不断旋转。我焦虑不安。我再也没有胃口。我在两周内掉了五公斤重。我已经很苗条的身体不需要这个。我觉得我会在向我吹来的第一阵风中，如同一片叶子般飘走。

从孩童开始，我一直没有停止过奋斗。我在远离家乡的地方单打独斗，我几乎从不告诉父母我在外面所遭遇的困难，以避免他们担心。这种深深的孤独感从未离开过我。我梦想着能够与一个男人分享我的抱负、我的成功、我的失败、我快乐和疑惑的时刻。无论遇到什么考验，他都能理解并支持我。作为回报，我也必须给予他我纯洁而忠诚的爱。我一直认为，将两个相爱的人结合在一起的纽带，是生命所能提供的最珍贵的礼物之一。我不要求获取完美的爱情。一颗真诚的心比外表、财富或者社会地位更为重要。

以前,我相信路易和我对彼此的感情是真挚的,以为他深深地理解我,他值得我完全信任。所以,我从一开始就错了吗?路易——以前的路易,那个温柔、真诚、充满爱意的路易——我真的很想念他!

路易通过电话重新联系了我。听到他的声音,我的心中极其纠结,又宽慰又绝望。我同意和他在丹费尔-罗什洛附近的一家咖啡馆内再次见面。他神色疲惫而忧伤。看到他这种状态,我内心颇为难过。我让他先说。

"你知道我妈妈每天都从布鲁塞尔给我打电话,要我和你分手吗?"

"你怎么回复的?"

"我什么都不说。我只是尽量抵抗住这种压力。"

我们应该分手吗?我不知道。路易沉默了片刻,然后又开口说话了。

"我可以为你作出牺牲:既然我的父母不喜欢你,如果你选择在法国度过一生,我们可以在一起。"

"不,我有一天会回中国。"

事实上,我不知道未来会发生什么,但我知道的是,路易背叛了我的信任。我也不会忘记,他的母亲对于我、我的父母、我的国家所表现出来的恶意,以及对我的伤害。

"我原以为你爱我。"路易的表情极其失望。"如果你爱我,你就不会回中国了!"

"我爱你,但如果你真的爱我,你不会要求我待在这里一辈子!"

我们在兜圈子。我不想一直讨论这些对未来的考虑。我有太
多的问题要问他。尤其是其中一个问题。

"你为什么没有维护我?"

"我的父母之前告诉我,他们要向我证明你不是一个好人,还
有,如果你被人挑衅了,你将无法保持冷静。我之前仍然有疑问,
但现在一切都清楚了。"

"挑衅我?为什么?在中国,挑衅被认为是一种不尊重!"

"即使我们攻击你,你也要保持冷静!全都是你的错。我这辈
子从来没有遭受过这样的折磨!"

我的心碎了。所以,我掉进了路易父母设下的圈套,却什么都
没能预见到。我本应该更好地研习《孙子兵法》,或者用这个谚语
来提醒自己:"姜还是老的辣。"我也第一次了解到这个非常法式化
的逻辑:"永远都是你的错,永远都和我无关!"如果是在中国,在这
种情况下,双方将都可能会向对方表达和解的善意以解决冲突。
自我批评是我们教育的一部分。这被看作与他人保持良好关系、
并继续自我改善的一种方式。在学校里,老师经常和我们重复:
"如果出现问题,你们要开始反思自己的问题,而不是别人的错
误!"孔子的学生曾子也说过:"吾日三省吾身。"

"傲慢反映了我们对于自己的评估,虚荣则涉及我们希望别人
对于我们的看法。"简·奥斯丁在《傲慢与偏见》中写道。聪慧、机

智的女主人公伊丽莎白·班纳特遇到了达西先生,后者起初在她眼中是傲慢和轻蔑的,后来她才意识到自己看错了他,于是向他敞开心扉。在现实生活中,事情不会按照这样的剧情走。路易家庭的傲慢和偏见战胜了链接我们的爱情。或者说,这种爱在社会阶级差异的墙上被撞碎:一个来自"共产主义"国家的、出身平平的中国女人,怎么可能与一个法国"资产阶级"家庭的儿子,一起生活?在他们眼中,这简直就是王子与灰姑娘之间的不匹配。我曾经天真地以为,路易和我之间的爱,可以打破这些界限。

*

这次见面之后,我们不再约会,甚至不再互相打电话。这无疑是最好的决定,但流逝的时间还不足以治愈我的伤口。这种电波的静默持续了三周时间。一个周六的下午,当我在超市购物时,我的手机响了,是路易的名字。我立刻接了起来。

"我在布鲁塞尔。我一个人走在森林里,我想到了你。"他用沉闷而忧郁的声音对我说。

我不知道要说什么。听到他的声音,我既高兴又悲伤。我短暂地沉默,然后微笑。一个即使在电话里也逃不过他的微笑。

"春燕,你好吗?"

"很好,你呢?"

"我很高兴与你交谈。"

"我也是。"

我们再一次沉默。我们彼此已经无话可说。或者,也许其实有太多的话要说。

"我得回家了，"他中断了谈话，"祝你周末愉快。"

"谢谢，你也是。"

他挂断了电话，仿佛突然后悔自己的主动。他为什么要打这个电话？为什么要阻止我向前走？他为什么这么残忍？我强忍住泪水回到住处。以前，我有时怀疑过我对路易的感情。失去他让我意识到，过去的感情其实有多么强大。我真的能够忘记他吗？他那种安静的温柔，那种将我时刻置于宇宙中心的关注……房间门一关，我就泪流满面地瘫倒在床上。

我不能一直这样下去。如果我想继续前进，我还有许多挑战需要克服。我不能因为一次还没有正式确认的分手，而在距离目标如此之近的地方失败。如果路易无法直面我的目光和我们恋爱的失败，那么将由我率先去做此事。我必须最后一次见到他，清空一切。如果没有这最后的痛苦考验，我将永远无法翻页。

之后那个周六，我乘坐法兰西岛大区快铁 RER 去了路易家，但没有提前告诉他。周末，他的父母大多数时候都在布鲁塞尔，我与他们面对面撞到的风险很小。早上 8 点 30 分，我按响了他家的门铃。我听到他踩着地板走近大门。他打开门，惊讶无比。尽管时间还早，他已经穿好衣服，准备出发了。他也消瘦了。

"你来这里做什么？为什么你没有提前告诉我？"

"我想让你看着我的眼睛，亲口告诉我，你不再爱我了。"

路易深吸了一口气。

"我不再爱你了。我遇到了另外一个人。"

如同一记耳光。我的心凉透了。当我再也无法集中注意力、经受所有的内心煎熬而无法入睡时,他竟然已经划掉了我俩的痕迹。冬风在外面呼啸而过。我觉得它渗透了我整个身体。我突然间明白,强烈的幸福来得快,去得也快。这一次,就是这样了:爱已经飞走了。它将永远不会回来。我用我最后的力量遏制住一股强大的泪水,强迫自己微笑。

"其实我也不再爱你了,我认为你不适合我。"

"这样对我俩最好。"

他看了看手表,一脸顾虑。

"听着,春燕,我得走了。我有一个约会。"

"我可以最后一次陪你去坐地铁吗?"

"好,如果你想的话。"

他拿起自己的东西,抓住钥匙,关上了房屋的门。我们不说一句话,往地铁口走去。我坐在一张长凳上。他坐在我旁边。一站又一站。

"你有收到罗曼和克拉拉的消息吗,路易?"

"他们今年夏天要结婚了。"

"所以罗曼顶住了父母的压力?"

"是的。"

除了沉默,我们之间再也没有其他可以分享的东西了。我们又要变成陌生人了。我回想起在北京读书时,读过的诗人郑愁予的美妙诗句：

　　　　　我达达的马蹄是美丽的错误

　　　　　我不是归人，是个过客……

　　圣拉扎尔站到了。这是我们故事的终点站。他必须换乘 3 号线，而我必须去坐 13 号线。路易转向我。这一次，他的眼睛里不再有光。我真希望自己能够做到和他一样。

　　"再见，春燕。"

　　"再见，路易。"

　　我看着他走开，心碎成无数片。我们的道路将在这里永远分开。

　　"路易？"

　　他最后一次转向我。

　　"有一天，我会写下我们的故事。"

21　辛苦的味道

我在 HEC 的学业即将结束。我需要尽快在巴黎找到一个住处。我目前有一份工作合同,是与一家拥有良好声誉的咨询公司签订的。尽管我要等到九月份才开始工作,但凭着这份合同的质量以及我的个人履历,我不需要太担忧什么。

我访问了一个个人对个人的租售房网站,以节省中介费用。网站上最近的两个广告立刻吸引了我的注意力。我马上给第一个业主打电话,但一直忙音。第二个业主回复了我,并约我在第二天去租房地址见面。这是一个大单间公寓,位于巴黎 14 区,不带家具。"带上您全部材料的复印件:身份证、工资单和/或押金、住址证明",房主盖坦详细解释道。我记下了细节。与此同时,第一位业主也给我回了电话:他的房屋刚刚租掉。这么快?

我在指定的时间到达了楼下。让人惊奇的是,大约有十个人正排着队要参观公寓。法国首都这永恒的魅力,继续激发着众人的梦想。竞争看起来很激烈。一个四十多岁的男人出现在楼房入口处,看起来像一个很有活力的企业白领。显然,这就是盖坦。"请每次同时进来两个人!"如同集市收摊前的小贩,他高声叫喊。

我排到队伍的最后。很快,就有新来的人站到了我的身后。二十分钟后,终于轮到了我。我和另外一位来访者走进狭小的电梯,前往四楼。进到里面看,除了稍微褪色的墙壁和破旧的镶木地板外,单间公寓的总体状况还不错。而且,我喜欢丹费尔-罗什洛这个街区。

参观只持续了五分钟,之后盖坦对关键信息进行盘点。

"月租800欧元,1个月押金。每月月初通过支票或银行转账的方式付款。您带来所有必需的文件了吗?"

我把材料递给他。他快速地翻了一遍,然后生气地抬起头。

"您的工资单呢?"

"我要到九月份才能开始工作,但我为您复印了我的工作合同。"

"对不起,但这不符合我的要求。您将有一个工作试用期,这对于我来说是一个风险。"

"我会通过试用期的,您放心!"

他皱了皱眉头。

"如果您没有工资单,我需要另外一个人为您担保。"他继续说。

"这会很难。我是外国人,在法国没有家人。"

"这不是我的问题。"

"但我是个成年人,而且还有份很好的雇佣合同,为什么我还需要他人担保?"

"我不能冒险!"

参观结束了。盖坦向我们宣布："我会打电话告知你们的候选人资格是否被接受。"他是不是使用了"候选人"这个词？看起来，找住所比找工作还要复杂！

我从来没有面对过这样的不信任。我在北京时，在不同时间租过不同的公寓，但从来没有被要求让第三方担保，甚至没有被要求提供工资单。参观出租房后，双方只需要签订一个相对简单的协议。缺点是房东可以随时要求租客离开。不过，这种行政程序上的灵活性也便于人们寻找新住处。自那以后，中国的法律对房屋租赁交易进行了更好的规范，但我们在这一领域内的复杂和不信任程度，仍然远远不及法国。

晚上，意识到可能会再次面临这第三方担保的障碍，我犹豫了很久，决定写信给一位相处得非常愉快的法国高管朋友。我想知道他是否愿意为我提供担保。在中国，请朋友提供此类服务并不少见。我向他保证，他将永远不需要为我支付任何费用。他始终没有回复。

这个世界不相信弱者的眼泪。中国有句古话："车到山前必有路。"在又失败了几次之后，我终于通过一个中国学生论坛在近郊的勒瓦卢瓦-佩雷区找到了一个单间公寓。房东是一位四十多岁的法国女人，经常在这个论坛里张贴租房广告，但租金比市场正常价格高出一倍半。我别无选择。在签署租房合同时，我向她讲述了我的不幸经历。"巴黎房主们是白痴：中国人总是分毫不差地支付租金！"她笑着评论道。她看起来人不错。但后来发生的事情又推翻了我这个判断。当我离开公寓时,她没有来做退房房屋状况检查,之后又埋怨公寓很脏,并且拒绝退还我的押金。我不会让别人这样对待我。"我在离开前拍了些照片。"我告诉她,并最终取得了胜利。

我已经准备好挑战我在法国的第一份工作。这太令人激动了!我们这一届当初通过"直接录取"(AD)途径进入 HEC 的中国人(被那些上过预科班的法国同学认为不如他们聪明),大部分受聘于瑞银、麦肯锡、毕博、普华永道等知名银行或企业……我的新办公室位于凯旋门附近一个风格雅致的街区。我天生喜欢挑战:如果有人声称一个障碍不可逾越以及我可能会失败,只会让我更加斗志昂扬。在咨询公司里工作,既能学到很多东西又非常被认可,是公认的职业加速器。此外,咨询工作的前景光明,发展路径上的各个阶梯定义明确,在相同岗位上的薪水也比在传统企业里要高。如果我想实现我的目标之一——获得舒适的生活并让我的父母远离物质匮乏——我必须尽快获得极好的谋生手段。

*

上班的第一天,阳光明媚。我的办公室在一栋奥斯曼风格建筑大楼的底层,处于一个开放空间,我与五位同事共用这个办公区。办公室外的走廊直通咖啡机和一个宜人的绿色小庭院。根据风水的规律,应该选择安静的、可以避免被人窥探的办公室,但我的运气不能更糟糕了:每个人要想喝咖啡,都必须经过我们的办公室,并且可以通过窗户观察我的屏幕。开放式办公室是现在很流行的一种时尚，这个概念本身并没有让我觉得惊奇，它让我想起了中国的社区精神。

压力无处不在。每个咨询顾问要么坐在电脑前，鼻子紧贴着屏幕；要么正在开会，或者在"电话会议"中。在这里，最优雅的境界是给人一种一直被"过度预订"的印象。如果是亲戚朋友打来电话，答案总是一样的："对不起，我有一个很紧急的文件需要处理，我会尽快给你回电！"在咨询公司里，着装必须以最严格的形式体现专业精神：没有自由想象的空间。男士或女士穿戴的西装通常为深色：黑色、灰色，或在最独树一帜时选择的深蓝色。唯一可以穿戴不那么正式的日子是周五，但有一个条件：没有安排任何客户约会。

在这里，要遵循的另一条法则是：尽可能高效地直接切入正题。正如美国人所说，"时间就是金钱"。任何被认为是多余的因素都应该被废除。于是我们互称"你"变成定律，包括在与公司内部高层沟通时，这更加简单直接。在电子邮件交流中，无需通过回复"收到"或"谢谢"来确认收到对方信息：这是浪费时间！然后，就像黑手党发展了一套江湖黑话、并以此作为归属组织的标志，你必须完美掌握由英语字母和缩略语组成的咨询行话："délivrables/可交付成果"（项目期间必须交付的内容）、"débriefing/汇报"（信息盘点）、"staffing/人员配备"（将人力资源分配到一个任务上）或"drivers/驱动因素"（决定性因素）……

西哈诺、孔子与我

中午，顾问们匆匆前往距离办公室五分钟路程的三明治店，加入门前排队的队伍。从我中国人的角度来看，这硬邦邦的三明治是如此难以啃动，但我的法国同事却可以同时保持速度和灵巧，令人印象深刻。有时这食物会被带到电脑前吞下，连同一瓶橙汁或矿泉水。

我的第一项任务：一个投资基金欲收购一家建筑行业内的公司，我们需要为此提供建议。包括分析相关欧洲市场，为商业计划书建模，以及撰写报告来展示我们的调查结果。我主要负责法国市场部分。从信息搜索到最后报告成形，一切都必须快速有效地完成。公司的合伙人弗朗索瓦是个法国人，负责监督这个项目，并处理与客户的关系。汉斯是一名德国经理，管理整个项目团队。团队由来自欧洲不同国家办公室的八名年轻顾问组成，其中也包括我这个巴黎办公室里唯一的亚洲人。地下室的会议室是我们的巢穴。这里设备齐全，网络链接超强，距离咖啡机和洗手间仅几米之遥。甚至还有一个小窗户，可以让我们稍稍分心：它面向街道，让我们可以观察路人不同尺寸、颜色和款式的鞋子。

我对建筑行业一无所知。但这没有关系：我已经准备好夜以继日地工作，以圆满完成这个项目。不过，这个表述还不够精准：我很快就知道，从上午9点到晚上9点的工作时间，很容易就超时。从晚上9点开始，我们可以点外卖。我不是唯一一个经常感觉饥饿的人。于是，同事们抛出一个现成的想法。"我们要点寿司吗？"这个建议每次都获得普遍认可。起初我心甘情愿地加入他们，但仪式的重复和芥末的味道最终让我感到恶心。每次我打开快餐包装盒子，都感觉寿司在看着我、嘲笑我："就算你再恨我们，也没有其他选择，不得不吞下我们！"一天晚上，当同事们再次要联系我们的"官方"生鱼外卖店下另一笔订单时，我表达了我的厌倦并提出了另一种选择。

"你们想不想点中餐换个口味？"

几乎十双瞪大的眼睛朝着我的方向转动。

"呃，中餐？我不知道……"一个顾问开始评论。

"坦率地说，我不是很想吃中餐。"另外一个很快说道。

"中餐经常有些太过油腻。"第三个如此认为。

我放弃了。一周又一周过去了，在办公室度过的许多个晚上，我都顺从地吞下寿司。这道日本菜变成了一个萦绕不去的困扰，以至于我惊奇地发现，自己不止一次地以"好吧，不要寿司！①"来结束一场讨论。

---

① 这是法语口语里表达"不用担心"的一种诙谐说法。法文里寿司为 Sushi，与单词 souci（"忧虑"）发音相近。

　　　　　　　　　　　　西哈诺、孔子与我

22　教训

　　有人说，女人经常改变主意，不知道自己想要什么。这似乎不是女性独有的特征。自我们目前的项目开始以来，汉斯经常改变想法：有时是分析的结构，有时是我们必须完成的报告的内容，有时是幻灯片展示。几个星期以来，他总是能够成功地找出哪里行不通。每一次，我们都必须进行调整，甚至从头开始我们工作成果的所有部分。这有点让人恼火。

　　两个月很快就过去了。任务的最后一天来临。明天上午10点，合伙人弗朗索瓦和经理汉斯必须将分析结果和最终结论展示给客户。下午过了一半的时候，德国经理下楼到我们的地下室来盘点工作进展。跟我们打过招呼后，他停顿了片刻。所有的目光都聚集在他身上。他似乎想要宣布什么。但愿不是一个新的变化！

　　"我们必须修改整体结构，并改变最后的幻灯片里的某些论据。"

　　人们越害怕一场悲剧，它就越可能发生。

　　"可是现在已经是下午三点了！向客户的演示安排在明天早

上!"一位同事辩解道。

"这不是个问题。"汉斯不屑一顾。"在满足客户方面,我们非常灵活,不是吗? 今晚,我们要在办公室里一起通宵工作!"

我周围的面孔上清晰地写着他们的内心想法,我似乎听到"fu……这简直不可能!""他太烦人了吧!"不过最终大家嘴里说出来的话显然更加一致,虽然伴着苦笑:"好的""我们准备好了!"

"我会在白天结束时回来,然后我和你们一起工作一整夜!"经理明确地说。

汉斯重新走上楼梯。地下室的这支队伍的成员们面面相觑,但这一次,仍然没人敢用言语表达自己的恼火。一位沮丧的同事拿出手机,走进过道。他的谈话每个人都能听到。"亲爱的,你还好吗? 对不起,我必须在办公室度过一整夜,才能完成一个重要的项目……我向你发誓这是真的……为什么之前没有做完? 好问题……你不会因为这个生气吧? 好啦,我吻你……我爱你!"

我看了看我的手机。我如果有任何人可以致电,告知我将在办公室度过剩下的夜晚,我会很高兴这么做。这是少数的一次我对单身感到如此强烈的不愉快。

现在是晚上 9 点:所有人都要吃寿司的时间! 晚饭后,每个人都把头深埋进电脑中。只听见敲击键盘的声音,有人上卫生间开门的声音,以及汉斯和同事之间时不时的对话声。

凌晨 4 点,我忍不住打了个哈欠。我又喝了第 N 杯咖啡让自己保持清醒。

每个人的眼睛下面都有黑眼圈,看起来越来越像熊猫。

早晨八点。我们在报告的最终版本上,画上了最后一个句号。终于!我们可以回家休息了!

弗朗索瓦下楼到地下会议室。汉斯微笑着迎接他。

"我们熬了一个通宵来完成所有工作!"他说着,带着几分自豪。

"一个通宵,嗯?"

汉斯很可能期待得到赞美。但弗朗索瓦什么也没说。几天后,我偶然得知这位大领导根本不欣赏这种做法,并评论说,一个好的经理不必在向客户介绍前一天让他的团队通宵达旦。我很难不同意这种看法。同样,我认为一个好的员工并不需要经常工作到深夜,而是会设法在白天结束之前完成所有事情。但这个真理并不适用于咨询领域,因为在这里,每个人都订阅了无限流量工作包……

如果说,咨询顾问们不计算自己的付出,将大部分时间都花在办公室里而毫无怨言,我很快就意识到,在这片诗人的土地上,对工作的热爱并未得到普遍认可。从在 HEC 最初的日子开始,我就了解到周日必须不工作,而这并不是质疑工作乐趣的唯一例子。一个星期六,我在我家附近漫步逛街时,就承受了这一态度的后果。我需要一条黑色腰带来衬托我的晚装。但当我意识到这一点时,时间已经有些晚了。下午 6 点 52 分,我走进一家服装和配饰店,通告牌上显示晚上 7 点关门。用八分钟来选择一条腰带并付款,足够了。然而,我在冲进店时,被一个试图拉下门帘的女售货员拦住了。

"我们正在关门,女士。"这位三十多岁的女人告诉我,目光严厉。

"我只需要一分钟:我只想买一条腰带。"

"抱歉,但今天营业已经结束。您周一再来。"

"我没办法那个时候过来,我一周都在工作。"

"那就下周末再来吧!"

"但是我今晚就需要。拜托了,女士,我保证会快点。"

"我已经告诉过您了,今天营业到此为止了!"

若是在中国,销售员会为我铺上一条红地毯,但和她解释这个注定是徒劳无功的。在中国,多一位顾客,就是多一份钞票,这是无法拒绝的。但这不仅仅是钱的问题。"天道酬勤"指的是"努力总会有回报"。这句谚语也说明了中国文化中勤奋和努力的重要性。此外,由于人口众多,在中国竞争非常激烈。最后,在强大的社会压力下,我们也希望尽快成功并照顾好家人,尤其对于男性而言。

几个月后,法兰西共和国总统候选人之一尼古拉·萨科齐在他的竞选中,使用了"多劳多得"作为口号,他并不知道那是一句中国成语。令我惊讶的是,他的这个提议会在法国互联网上招来众多批评。"工作更多,我们会被剥削更多! 我们有权利来有尊严地休息!"网民的一些评论大致如此。因此,在他们看来,理想的情况就是少工作多挣钱? 但他们是不是忘记了一个重要的问题:这些

西哈诺、孔子与我

额外的财富，又从何而来？

通常来说，法国人会给人一种"讨厌"金钱的感觉。我的一群朋友曾在巴黎拉丁区的一家酒吧内组织了一个晚会；在现场，我偶遇了几个不相识的巴黎本地人，并和他们展开讨论。其中一位年轻白领就职于法国一家工业集团的研发部门，他向我询问我的人生目标。我回答说，我想实现物质和精神双丰富。他震惊于我把金钱放在目标清单上如此重要的位置，并声称金钱对于大多数法国人来说，是一个被次要考虑的问题。他的评论让我疑惑不解。"金钱不是万能的，但没有金钱是万万不能的。"中国人如是说。后来，我无意间听到这位白领正在对一位朋友侃侃而谈："我祈祷公司会接受我转去美国分部的请求。那里的工资可比这里高多了！"他的眼里闪烁着兴奋的光芒。

从这次对话开始，我逐渐明白，在法国，金钱几乎是一个禁忌话题。公开声称热爱金钱是不恰当的，甚至是粗俗的。在天主教传统中，穷人必须被照顾，所以人们对于个人致富看法不佳。更糟糕的是：在许多法国人眼中，富人一定犯下了不可饶恕的罪过，才能到达他们今天的位置，除非他们是因为中了彩票、成了艺术家或者足球运动员。但是，如果鄙视金钱是一种时尚，那为什么他们还要举行这些示威游行和罢工来要求提高工资呢？为什么我从来没有听到过有法国人抱怨自己太富有？说到底，人们最讨厌的，其实是邻居的钱。因为金钱很容易引起他人的嫉妒，自然而然就成了禁忌话题……

在中国，金钱被认为是一种力量、一个确保生活稳定舒适的工具，更重要的是，它也象征着成功。这没有什么可耻的。在农历新年,我们传统上会使用"恭喜发财"的祝贺语。当然,也有中国人羡慕甚至嫉妒有钱人,但更多的时候,他们真心希望自己有朝一日也能成为富翁。

我继续适应着法式企业文化的特殊性。随着时间的流逝,我在与他人和上下级的关系中,感到更从容自若了。不过,喝咖啡时,我又发现一个重复出现的失误。那天早晨,我遇到了年轻的劳拉,她在人力资源团队工作,身材丰满,说话滔滔不绝。我们开始讨论我参与的一个最新项目。

"春燕,有人告诉我,有时候,即使你不明白,你仍然会说'是'。"

她的回馈让我有些吃惊。我看不出有什么问题。

"事实上,我不想一直用问题打断经理,特别是当他说的内容在我看来并不重要时。"

"但你还是说'是'?"

"这只是意味着,'我在听,我听到你在说什么。'"

我的回答似乎令她有些不安。

"对于法国人来说,说'是'更多表明'我理解'或者'我同意'。"

"哦?在中国,'是'没有这么绝对的含义。它的意思既可以是'我没明白你说什么',也可以是'我不同意你的观点,但出于礼貌,我仍然继续听你讲话'。"

劳拉做了个鬼脸。

"好吧,这一切听起来很复杂,"她总结道,"既然你现在人在法国,最好避免像在中国那样使用'是'。同意吗?"

"是。"

　　　　　　　　　　　　　西哈诺、孔子与我

这最后一个答案，似乎一点也没有让她高兴起来。

结果我又说了什么？

*

巴黎春意正浓。我开始了一个新的项目，需要分析两家刚刚合并的公司之间可能产生的协同效应。项目经理马克有着非常苛刻的性格。他完美掌握 Excel 技术，即使是平时我们很少使用的功能。他处理文件速度是如此之快，令我钦佩。一天早晨，我认识的另一位项目经理伊夫走进我的办公室。

"我有个同主题的项目，我需要你和马克现在一起推进的这个项目的两页信息。没什么敏感的，不用担心。你能把信息给我吗？"

"马克知道吗？"

"是的，当然！我刚刚和他商量了一下，他同意了。如果你不相信我，你可以现在就打电话给他。"

办公室里有几位同事也在场。既然伊夫当着我们所有人这样说，而且他在公司内担任重要职位，我没有理由不信任他。

"不用了，我相信你，给我看看是哪一部分信息。"

"非常感谢你！"伊夫很高兴。

我取出相关的两页信息，并将其复制到他的 USB 安全密钥中。

下午，我接到马克的电话。他让我立刻去他的办公室，语气干冷。我照做了，感到前所未有的紧张。一见到他，他就开始责备我答应了伊夫的要求。我不明白：他没有和伊夫说过同意吗？他不直接回答我这个问题，只是粗暴地斥责我："你没有一点保密意识！如果有问题，我要去坐牢的！"他发怒了。我用团队成员之间必需的信任为自己辩解。但这没有起到任何作用。我困惑不解。我感觉胃部似乎都打结了。马克告诉我，他已经要求伊夫删除有关文件，并命令我在没有获得他同意的情况下，不要再主动采取这种行动。我向他作了保证。

第二天，马克打电话给我：他和伊夫又交谈过了，打算这一次给他绿灯，但只能给打印出来的信息。伊夫一言不发地又来到我的办公室。整个故事十分古怪。伊夫对我撒谎了吗？还是马克在第一次和伊夫交谈之后又改变了主意？他有理由坚持数据保密的重要性，但如果连办公室的同事——尤其是高级经理——都不能信任，这是不是有点不正常？

几个月后，这个项目接近尾声。客户对我们的分析非常满意。在内部的表现评估中，马克却指出，"春燕未能对数据保密。"这个章节如同一个负担，拖着我不放。接下来的几周内，马克经理在楼梯上遇到我时总是保持距离。直到有一天，他突然热情万分地与我打招呼，笑容灿烂。我很惊讶。

"所以维克多是你的导师吗？我之前不知道！"他说。

维克多是公司的合伙人之一，处于公司的最高层级。他也是一位中国文化爱好者。在巴黎办公室的年轻毕业生入职者中，我是唯一一个有合伙人作为导师的。我从来没有吹嘘过这件事情，但最终信息还是泄露了。从那天起，马克再也没有不屑地看着我。我将牢牢记住这个教训：在咨询世界中生存，人脉和政治意识有时比正直更为重要。

*

就累积的疲劳程度而言，在咨询公司工作一年，等同于在一家普通企业工作几年。即便对于我这样喜欢工作的人，地狱般的工作节奏最终也让我筋疲力尽。我不再计算晚上在办公室里加班的次数或者被紧急文件破坏掉的周末天数。我的社交生活也受到了影响。我很少外出娱乐，我也不再有时间去上拉丁舞课。对于我来说，舞蹈课既是一种乐趣，也对我保持身心平衡至关重要。

伊涵是给予我支持并帮助我缓解压力的朋友之一。她毕业于一所巴黎知名商学院，我在一个校际晚会上和她相识。她籍贯四川，十八岁时在不认识任何人的情况下抵达法国。虽然伊涵的外表一看就是亚洲人，但她的品味和性格都有非常法式的一面：她有着相当强烈的叛逆精神，以巴黎时尚风装扮自己，总是在寻找能够提升自我形象的最新配饰。在工作中，她也正在经历一段艰难的时期，但其中原因与我的不同。一个周六的晚上，她提议我去歌剧院区喝一杯，互吐心声。

在我成为咨询顾问后一年，伊涵加入了她目前所在的这家咨询公司。几个星期以来，一个重大项目一直让她和她所在的团队殚精竭虑。但压力和疲惫的程度并不是她觉得有必要倾诉的原因。

"我的法国经理每时每刻都在批评我，我受不了了。"她生气地告诉我。

"什么样的批评?"

"不管什么都批评。甚至在不重要的小细节上。但是,客户对我很满意!"

"你试过和他挑明了说吗?"

"我试过,但没有用。我开始怀疑,他是不是对我和所有中国人都抱有偏见。"

为了弄清楚事情的真正原因,伊涵趁着一次一对一的评估面谈,想促使她的经理亮出底牌。

"我向他列出了所有证明我工作完成得很好的事实。之后,我坚持问他,'你为什么对我这么不满意?'他最后终于松口了,说,'这是一个总体上的印象。当我看到你的脸时,我已经不信任你了。'"

我差点吞了我的基尔酒。

"但是……他是不是有些种族主义?"

"这正是我之前怀疑的,在这一次得到了证实。他不知道的是,我小心地记录了我们之间的谈话。交流结束时,我向他展示了我的录音机。我告诉他,他的言论具有歧视性,我准备将文件发送给高层。他又惊又怒,但最后也只能给我一个极好的项目评价,以平息此事。"

中国人对上级的条件反射般的顺从反应在伊涵这里行不通。我们两人举杯,致敬她这次勇敢的傲气行为。

"干杯!"

23 情感教育

"女士们，一个忠告。如果您在寻找一位英俊、富有、聪明的男人……那就选三位吧！"法国幽默大师科卢什如此建议道。可悲的现实是：找到一个完美男人的概率比中彩票还要低！因此，每年都出现越来越多的单身人士也就不足为奇了。在巴黎——这座卓越的单身之城，有四分之一的人都独居。2010年，英国华威大学的数学家彼得·巴克斯发表一篇题为"为什么我没有女朋友"的论文，并在文中解释道，我们找到爱情（真爱！）的机会只有285 000分之一！

还需要几段额外的感情经历，才能够让我明白，遇到一位完美的男子——或者简单地说，一个能够让我心跳的男人——是多么的困难。从HEC毕业后，我的人脉网络变小，工作节奏也太过紧张，以至于没有太多时间结识新朋友。于是我决定在Meetic交友网站上进行注册。毕竟，没有任何迹象表明我不会在那里找到真爱。不入虎穴，焉得虎子。我个人资料里的名字，是我在中国与外国人打交道时使用的：朱丽叶。

注册后的第二天，我登录网站查看消息。不仅我的个人资料页面获得了许多点赞，而且我的收件箱也被完全挤爆了。我打开一封封电子邮件，却越来越失望。许多男士看起来缺乏吸引力，甚至还出现了一些半裸的照片，尽管其中某些人并没有任何肌肉可以炫耀。有的电子邮件则充满了法语错误。更不用说这种让我不快的介绍：

"你好我的美人，你为什么会注册一个交友网站？"

我不是某个素昧平生者的"我的美人"！然后，他期望得到什么答案呢？"亲爱的先生，这是因为我在现实生活中无法吸引到好男人"？又或者："我来这里是为了遇见像你这样的完美男人"？

当我即将离开网站以平复心情时，我的鼠标滑过一张优雅的照片。年轻的朱利安，棕色的波浪卷发，英俊如太阳。我无法抗拒他那天使般的微笑。我接受了他在线聊天的邀请。他在一家公司的 IT 部门工作，彬彬有礼，友善而有教养。经过两周的交流后，他提议我们一起见面吃饭。我们约好周日晚在 17 区的一家餐厅内碰头。

我先到达餐厅。当他进门时，我怀疑自己突发了急性近视。"是你吗，朱利安？"是他。到底通过什么神奇的方式，白马王子又变成了青蛙？我以外交式的辞令向他指出，他真人几乎不像他的头像。

"这很正常，"他为自己辩解道，"在这种网站上，我们总会稍微处理一下照片。"

"啊！那你一定很擅长使用 Photoshop 吧。"

"是的，我会用这个软件做任何事情。"

"这看得出来。多棒的一位艺术家啊！"

我想转身离去，但这会太没礼貌。他在我对面坐下。为了让自己不要太绝对化,我告诉自己他也许会成为朋友。

阿尔伯特·爱因斯坦说得好:"当你和一个美女坐在一起一小时,你会感觉只有一分钟;但是当你坐在一个火炉上时,一分钟就比一小时还长。"他没有提到第三种情况:在火炉上烧烤一个漂亮的女人!这就是这顿晚餐对我产生的效果。我绝对不能表现出任何不快,以免伤害到他。毕竟,如果他缺乏魅力,那不一定是他的错。我微笑,我回答他的问题,我甚至主动提出新的话题。但我仍然尝试缩短我的痛苦,于是我向他表明自己不是很饿,一道主菜对我来说就足够了。

"你连一杯咖啡都不想要吗?"

"不,谢谢你。另外,我还有本来要完成的工作没做好。"

"你得享受生活。"

"你说得对,但我真的得走了。"

我要求买单。服务员递给我刷卡机。我将银行卡插进去,但已经心不在焉。输入我的密码后,我意识到服务员犯了一个错误:他输入的是两个人的用餐金额。这简直令人忍无可忍了。我非常婉转地将信息传递给朱利安:"服务生弄错了金额,我没有注意就付了我们两人的餐费。"言下之意:"如果你能付你自己的饭钱,再好不过。"朱利安看了看付款收据,他的脸上洋溢着喜悦之情:"我今后要更常来这家餐厅,在这里我不用付钱!"服务员会不会是他的同谋?我无语了。我整理我的东西,除了回家这件事情,其他都不重要。当我们互道再见时,朱利安说:"下一次,我请客。"但是不会有下一次了,亲爱的朋友!在回家的路上,我立即删除了他的电话号码。

很快，在几次同样令人失望的新经历之后，我退订了该网站。从现在开始，在我的过敏源清单中，除了春天的花粉，还添加了约会网站。尽管如此，在那时，我还没能想象到，会有比我的经历更糟糕的情况存在。几年后，美国作家艾米·韦伯将在 TED 演讲中讲述一件真实的轶事。在一个交友网站上，她遇到了史蒂夫，一个在 IT 部门工作的很友善的男人。他邀请她去费城一家非常别致的餐厅吃饭，在那里他点了很多菜和几瓶葡萄酒。就在这场奢侈的晚餐结束之前，他去了洗手间。与此同时，账单也到了：1 314.37 美元。史蒂夫再也没有从那个小小的角落里回来。

我与朱利安约会失败六个月后，在一个宁静的周日夜晚，我正在家中阅读一本小说，一条短信显示在我的手机上。未知号码。

嗨，朱丽叶，你还记得我吗？为了感谢你上次请我吃饭，我想邀请你共进晚餐。

朱利安。

我从未回复他。

*

"一毛不拔"是一个古老的中文句子，意思是"不为他人拔一根毛"。引申意义为"极其吝啬和自私"。经常与这个表达方式联系在一起的是一种想象中的动物："铁公鸡"，因为要拔它的毛绝无可能。在中国文化中，慷慨是最重要的品质之一。因此，斤斤计较被视作非常糟糕。从第一次见面开始，无论在酒吧或在餐馆，中国

　　　　　　　　　　西哈诺、孔子与我

男人几乎必须为他想约会的女人买单,之后也需要经常如此。

　　保持独立始终是我的价值观的一部分。之前,当我在中国的时候,我一丝不苟地执行了性别平等的概念。面对我的前任或者我的"仰慕者",我总是坚持支付自己的费用。直到有一天,我妈妈对我说:"如果他们想在餐厅里请你,你应该接受。否则,他们真的不用做什么努力了!"她是绝对正确的:当你太容易得到某样东西时,你往往不会珍惜它。

　　从那以后,当我和一个想追求我的男士进行第一次一对一约会时,我会非常留意账单环节。这是决定接下来的故事后续的关键时刻:如果我对他不感兴趣,那么我会坚持支付我的费用,以让他明白我对他不感兴趣;如果我对他有意而他不为我付账单,他将被自动"取消资格"。激发我这种心态的不是金钱问题,而是他的态度和与另一方分享的愿望。此外,如果故事继续下去,我也可以反过来请他。虽然一些法国男人非常了解这个逻辑,但很遗憾并不是所有人都认同。

　　在一个由共同朋友组织的聚会上,我遇到了塞巴斯蒂安,他毕业于一所法国高等商学院。他高高的个子,有点害羞,话不多但很有魅力。他提议我周六晚一起去圣米歇尔区,发掘一家爵士酒吧。在那里,我们点了两杯鸡尾酒。塞巴斯蒂安选择了一杯"海滩上的性爱"。气氛热度被拉满。女服务员带着两个杯子回来,并立刻要求塞巴斯蒂安付款。"请您付 20 欧元。"塞巴斯蒂安拿出一张 10 欧元的钞票。女服务员继续坚持。

　　"是 20 欧元,先生。"

　　"我只付自己的那一份。"

"啊,您不给这位年轻女士买单?"她惊讶地问道。

"不,只为我一个人。"

我假装没注意到。从这一刻起,这段故事就结束了。我拿出一张 10 欧元的钞票:

"女士,我付我的那份。"

她接过我的钱,看了我们一眼,一言不发地离开了。三十分钟后,我声称有紧急工作,逃离了现场。如此,塞巴斯蒂安将能邀请他自己在这间美好的酒吧里畅饮一整晚。

后来,当我将这则轶事告诉一个巴黎的朋友时,他试图为此辩护:"你知道,请所有我们喜欢的女人会很费钱,哪怕只是在第一次见面的时候。"他只有短暂的约会关系,有时会同时与几个女人调情,以期望提高成功的机会。的确,当一个男人选择勾引尽可能多的女人时,他会很难一直表现得像个真正的绅士。而当我们徘徊于一家家感情"快餐店"时,就再也没有时间去真正的餐厅享用大餐了。

*

如今,随着医学的进步、价值观和生活方式的变化,"年轻"和"年老"之间的年龄差异趋于模糊。在我十岁时,四十岁对我来说意味着老年的开始。今天,大多数四十岁的人仍然保持着良好的状态。联合国将六十岁及以上的人群划入"老年人"的范围。为了统一所有的定义,我自己发明了一个新的概念:所有比我大二十岁的人,都被归入"老年"的范畴。与我相识于一场商务活动的查尔斯,完全符合这个定义。他是一家银行的合伙人,从未结过婚。他刚刚庆祝完了自己的五十岁生日。当然,这本身并不是一个缺点,尤其,他从一开始就对我大献殷勤。我也喜欢和那些拥有丰富生活阅历的成熟型人士聊天。也许,一位老男人可以终于带给我期待已久的完美爱情?

我们相遇几天后,查尔斯邀请我参加动力伞"洗礼",这是一门有关机动超轻型滑翔机的科目,也是他经常实践的爱好。我总是渴望体验新的事物,于是接受了这个在我看起来愉快且无害的提议。那天,查尔斯开着一辆漂亮的奔驰 SUV 停在我家楼下。"平时我更多使用宝马,"他看似漫不经心地告诉我。他是否也像许多西方人那样,认为中国女性天生就会被有钱男人吸引?

当我们到达场地时,一位动力伞教练已经在等着我们了。尽管我有所顾虑,但飞到地面上空一百多米让我感觉像鸟一样自由,令我心旷神怡。飞行结束后,我们回到查尔斯的车上,他突然表现得更有征服欲。

"您觉得我在您这里会有机会吗?"

我仔细观察他。他整体状态维持得很好。他没有他这个年纪的男人经常拖着的大肚子。他满头白发,被仔细梳理过。这确实是一个令人欣慰的优势,尤其当你生活在一个男人从三十岁开始就容易掉头发的国度里。然而,他的目光让我感觉局促。我意识到,我感受不到他对我身体上的吸引。我不想再进一步了。更别提去亲吻他的想法了。

我装作听不懂他的问题。

"呃,对不起?"

"我的意思是,我们可以一起约会吗?"

"哦！您知道我很尊重您。如同我尊重我的父母。"

我是真诚的。尊老是中国人非常重要的传统价值观。查尔斯和我父母几乎同龄。

这位五十岁的老人并不想放弃。

"年长的男性往往能更好地照顾女士，因为他们有更多的经验和一颗更柔软的内心。您不喜欢有了一定年龄的男人吗？"

"喜欢，他们可以拥有大智慧。"

"仅仅是智慧？如果他们能给您带来舒适生活呢？"

"我生活得不错。我们做朋友吧，友情往往比爱情更为长久。"

"男女之间不存在友谊，特别是在我们国家。"他反驳道。

"不，男女之间可以存在友谊，尤其在彼此年龄差距很大的情况下。"

我差点又加上，"或者当一个人不被另一个人吸引时"。为了不伤害他，我把最后这句话咽了下去。

在中国，著名物理学家杨振宁与比他小五十四岁的年轻女子翁帆的婚姻曾经是被多次热议的话题。邓文迪嫁给盎格鲁-撒克逊世界的传媒大亨鲁珀特·默多克时，她三十一岁，他六十八岁。这个雄心勃勃的女人知道自己想要什么，以及如何通过任何手段得到它。一部分中国人对她十分钦佩，但其他许多人对她表示鄙视。如果爱是真诚的，年龄并不重要。不过，如果一些年轻女子为了获得物质享受或攀登社会阶梯，而准备与比自己年龄大得多的男人开展一段感情冒险，我绝对不会如此。

"我们到了！"查尔斯将我从思绪中拉了回来。车子已经到达我家楼下。我向他道谢，然后走向我的公寓。我刚刚放下包，电话就响了，就好像查尔斯已经计算出我需要到达的准确时间。他赞美我并祝我晚安。这证明了老年人确实可以比许多年轻人更考虑周到、更体贴入微。当天更晚时，查尔斯写信给我分享他对于动力伞训练的感受："兔子有点被伞的机器吓着了，跑得很快。我在空中升起，我融入了蔚蓝的天空。"我喜欢这种诗意的精神，但这还不足以征服我的内心。查尔斯最终放弃了。

24　火焰

　　六月的一个周六下午,我去巴士底区和朋友喝咖啡。从地铁出来时,我突然听到很大的噪声。一大群色彩斑斓的人朝着我的方向走来,挥舞着五颜六色的横幅。有些女士穿着极其大胆,暴露了某些身体部位。男士们则更为引人注目:许多人赤裸上身,有的佩戴着假的金发,身着古怪的服装——甚至是连衣裙。在狂热的人群中,一辆嘉年华的花车缓慢前行。在极高音量的动感音乐节奏中,参与者不停摇晃。在这幕出乎意料的街头表演前,我目瞪口呆。我从来没有见过这般场景。

　　一个三十多岁的身着街头服饰的年轻女孩,头也不抬地走近地铁口:她似乎觉得这种情况完全正常。无论如何,她没有表现出任何惊讶之色。我急忙叫住她。

　　"打扰一下,小姐,今天有节日或者时装秀吗?"

　　"不,这是同志骄傲大游行,是同性恋者要求平等权利的年度示威活动。"她用一种教学的口吻解释道。

　　我从未见过这么多同性恋者聚集到一个地方。他们似乎什么都不怕。在中国,同性恋者承受着许多社会压力。这是一个敏感的话题,我们在公共领域仍然较少讨论。尤其,如果是示威游行,

　　　　　　　　　　　　　　　　　西哈诺、孔子与我

为什么他们看起来如此高兴？这种事关重大的事件难道不应该是严肃而沉重的吗？

我仍然记得我在中国参加的唯一一次抗议活动。那是 1999年 5 月，我在北京大学读大二。中国驻南联盟大使馆遭到北约轰炸，在场的三名中国记者遇难。北约后来宣布这是由于地图错误造成的事故：他们将该建筑物与南斯拉夫联邦军备局的建筑物混淆了。中国人不相信这个版本。当天，我和许多学生一同参加了北京街头的大规模抗议示威活动。游行口号痛斥"野蛮轰炸"和"美国霸权主义"，同时要求还原事实来龙去脉，并表达对遇难者及其家属的同情。

这次巴黎的示威，与我所参加过的游行没有太多相似之处。它看起来更像是一个大型街头狂欢。法国人似乎可以随时随地参加派对：在酒吧或迪厅，但也可以在游行时，甚至在我日后亲眼所见的罢工的时候。出于好奇，我在人群中寻找中国同胞的面孔，但一无所获。

我被这些快乐的示威者鼓舞，加入了他们。这不是为了跟踪或者打扰他们，而是因为我必须找到约会的咖啡馆，而队伍正朝着同一个方向前进。我很快就到达了目的地。"音乐很棒！"我的朋友看到我时惊呼道。我们选择靠窗的一张桌子，观看游行队列经过。这个下午在阳光、炎热和音乐之间延伸。

法国是一个示威游行的国家，每周——或者几乎每周——都会发生。这并不奇怪：在这里，当我们想责备或抱怨时，我们会毫不犹豫地让人知道。随心所欲的批评或抱怨对法国人来说司空见惯。在中国，无论是在公共还是私人场合，谴责和请愿都不在我们的天性里，并且可能会损害我们对于平衡及和谐的永恒追求。

如果这种法式小怪癖使我觉得有趣，那么另一件事情将使我重新审视这种法式特征。2008年3月末，我给自己放了十天应得的假期，去参观几件欧洲的瑰宝：阿姆斯特丹、卢森堡、米兰和威尼斯。4月8日，我回到巴黎，刚放好行李，一个住在巴黎的中国朋友就给我打来电话。从他的语气中，我明白发生了严重的事情。

"你听说昨天发生在巴黎的事情了吗？"

"奥运圣火的传递？我本来想来看的，但我当时还没有度完假回来。"

"我在那里。支持藏独的抗议者要阻挡奥运圣火的路线。当中甚至有人试图从残奥会运动员金晶手中抢夺火炬！"

我挂断了电话，十分沮丧。我感到愤怒在我的心中升腾。我在互联网上快速搜索，找到了混乱人群的图像。尤其能够看到，一名示威者径直冲向坐在轮椅上的击剑手，后者的右腿曾因恶性肿瘤而被截肢。在场的警察们阻止了这名示威者，但这些图像触目惊心。我再次观察到，在法国，人们在指责中国时，经常将国家、政府和人民混为一谈。但我没想到这种混乱会导致去攻击一个残疾人。

中国人非常自豪地看到，北京被选为2008年奥运会的举办地。我仍然记得，2001年7月13日，我们的首都正式获得主办权时全国人民的普遍热情。我本人热衷于向世界展示一个21世纪的现代化中国形象。仅仅因为这个原因，许多北京人开始学习英语，众多志愿者参与准备了这次盛会。2003年我到达法国时，随身携带了一个印有"北京2008"标志的棉布袋子。奥林匹克精神从本质上讲是普世精神。为什么有人要不惜一切代价，为这项体育赛事注入政治色彩？

每个人都可以对这个或那个政权自由地发表评论，但因为这个原因，就可以对一个国家的人民表现得不友好甚至敌视吗？这不就和路易的父母一样，表现出一种虚伪和优越感？西方人到底是希望中国好，还是害怕这个伟大国家的崛起？尽管我们存在差异，但人类的一些价值观放诸四海而皆准：从友善、尊重他人和博爱开始。

我仍然记得，2004 年 1 月中国农历新年之际，埃菲尔铁塔亮起红灯，向在法国举行的中国文化年致敬。我从塞纳河的另一侧凝视铁塔，眼中充满了感动。那时我们两个国家正在经历蜜月期。我也没有忘记，法国是第一个与中国建交的西方大国，那是在 1964 年。今天，我意识到，在表面的友善关系之下，我们两国之间仍然存在着许多歧见，有时甚至是隔阂。这个观察结果令我非常难过。

在接下来的一周内，我有一种奇怪的印象，似乎所有遇到的路人都对中国和中国人怀有敌意。作为对奥运火炬事件的回应，中国国内爆发了多场反法集会，尤其针对家乐福品牌。在巴黎，4 月19 日周六那天，数千名华人在巴黎的共和国广场举行示威，以支持奥运会。我怀着沉重的心情参加了示威游行。我们都感到很受伤。"我毕业后会直接回中国。我对法国感到十分失望。"几位中国同胞甚至向我这样宣布。这种不理解的感觉通常潜伏在水底，但现在到达了顶点。

中国不是一个完美的国家。我并不忽略这一点。历史、文化、语言、国民心态……这个大国有一千个不同层面，并且在不断发展。因此，我们在处理这个话题时，必须以敏锐的嗅觉来捕捉细微之处。西方人"非黑即白"的方法，应该受到中国人所偏好的"黑、白、灰"方法的启发。我们国家的现实比西方媒体所描绘的要复杂得多，但后者对中国的负面消息更感兴趣，因而对法国人心中的中国和中国人的形象，产生了相当大的影响。在我的国家，从小学开始，我们就在教科书中阅读法国文学作品节选，并学习法国历史。在法国的学校里，无论关于中国文学还是历史，都没有传授足够的知识。

西藏是法国媒体反复提及的话题。然而，有多少法国价值观捍卫者曾经认真研究过它的历史？西藏正式纳入中国中央政府管辖可以追溯到 13 世纪的元朝。这甚至早于 1768 年法国获得科西嘉岛之前。西藏当时实行极其残酷的奴隶制度，酷刑在那里司空见惯，奴隶的皮肤有时被用来制作鼓面。直到 1959 年，这一制度才被废除。从那时起，西藏的经济发展受益于对基础设施和生产的巨额投资。

至于自由，中国人奉行的原则是，个人的自由受制于他人的同等的自由。这是一种相对的，而非绝对的自由观。尤其，我们生活在社区文化中，集体幸福可以高于个人幸福。这种相对的自由观也是中国地理和人口的产物。中国拥有 14 亿人口和比法国高出十几倍的领土，因而，保持社会稳定和凝聚力成为一项长期挑战。经过毛泽东时代非常朴素节俭的岁月之后，自由在许多中国人眼中，也包括能够吃饱，穿好，有病可医，以及生活在安全的环境中。

奥运圣火火炬事件发生后几个月，法国总统尼古拉·萨科齐在犹豫了很久是否要抵制北京奥运会开幕式后，最终决定前往参加。这些摇摆不定——如同火炬事件——都不足以破坏这次盛大的节日和我的热情。2008年8月8日晚上8点整，我在哥本哈根的一家酒吧内，观看了奥运会开幕仪式的电视直播。国歌一响，我就忍不住从椅子上站了起来。泪水很快涌上我的眼睛。如果法国是我的客居地，那么中国是我的祖国，并将一直如此。这就如同一个永远无法与母亲断绝关系的孩子，无论生活将他带向何方。

25　法式谜题

在咨询公司工作了约两年后，我感觉筋疲力尽。我需要找回一种更平和的生活，并照顾好自己。我想多出去走走，恢复休闲娱乐活动，就从我非常想念的拉丁舞课开始。我决定辞职，加入世界电信行业主要企业之一的战略部门。集团总部位于巴黎，但官方工作语言为英语。虽然我们部门不缺各种任务，但总体工作节奏仍然没有咨询公司那样紧张。我所在的团队大约有十人，履历背景各不相同，团队气氛热情而友好，这当然不是件坏事情。

腾出来的空闲时间，让我可以继续去上舞蹈课，并参加首饰创作的工作坊。我喜欢美好的事物，也有创造的欲望。我一直认为身和心的健康必须融为一体。工作坊每周二晚上上课。课程负责人是四十多岁的苏菲。在第一次上课时，她要求我们帮她从抽屉里取出所有工具：塑料或石头珠子、线、绳索和链条、首饰制作材料、工具包……然后她向我们解释了一些制作手镯和项链的基本技巧。一个小时后，我自豪地注视着我的第一件作品：一个绿色串珠手链。我立即将它戴在手腕上。

在第三堂课结束时，苏菲相信她的讲授已经涵盖了所有的基本要素。"现在你们制作自己的首饰，有什么问题，你们当然可以问我。"我有些沮丧：已经没有其他东西要学习的吗？我们是否已经达到了不可超越的水平？我不这么认为。在初学者水平上停滞不前的印象，让我不太高兴。

我没有把这些想法告诉别人。在购买所有必需的制作工具后，我开始在家中继续学习。限于自身的知识，我同时去了几家商店研究待售首饰的工艺。同时，我在互联网上进行搜索，找到了几条非常独特的手工项链的照片。但是，我担心如果没有他人中肯的建议，我将无法复制它们。

在下一堂课上，我把那几条项链的照片拿给苏菲看，问她能不能给我解释一下应该怎么制作。她平日里友善而容光焕发的脸，突然变了表情。

"你为什么要给我看这些照片?"她用一种严厉的语气问我。

"因为我想进步。"

"我们在上首饰设计课，不是首饰抄袭课!"

其他学生停下手头的工作，看着我们。气氛变得紧张起来。我为自己辩护：

"模仿已经存在的东西，可以帮助我掌握新技能。"

"你必须有自己的想法，而不是抄袭。"

"如果不掌握最基础的东西，我们怎么能变得有创造力?"

"如果你是来复制首饰的，我的课不欢迎你!"苏菲显然很生气。我也开始失去耐心了。

"你的狭隘真是不可思议，苏菲。我现在立即退订这堂课。"

我收拾好东西，没有再说什么就离开了房间。

我没有立刻理解老师为什么突然如此头脑发热。重新思考之后,我想起发生在伊涵身上的一件类似的不愉快事件。她所就职的咨询公司内有一位女秘书,有一天,后者告诉伊涵,自己真的很喜欢她那天佩戴的耳环。

"它们真的太棒了！是什么牌子的?"

"迪奥。"伊涵回答道。

"哦。但是……它们是真的吗?"

伊涵立刻明白了她的影射。

"是的,它们货真价实。但你为什么这么问? 因为你戴假首饰吗?"

"不,不……"

在开放式办公室内,在所有员工的关注下,这一段小插曲引起了一片不出声的偷笑。

"中国是最大的假冒产品国家。"我经常在法国人那里听到这种评价,这其中经常夹杂着一种毫不掩饰的嘲讽语气。诚然,尽管中国在 20 世纪 80 年代就加入了相关的国际公约,但当时我们在知识产权保护这方面,普遍没有那么敏感。我不想否认、也不想维护某些人生产销售假冒产品的行为,但中国与法国对于"抄袭"的看法不同。对于中国人来说,整合现存的东西并添加新的元素,并不是一种资源掠夺。相反,它是在面对我们未知和希望学习的领域时,一种谦逊和务实的标志。普通话中"学习"一词由"学"和"习"两个汉字组成,其中"学"有"模仿"之意,这绝非巧合。

伟大的画家或音乐家,最开始不都经历过从艺术大家的作品中汲取灵感的阶段吗? 当我在幼儿园最开始学习汉字时,我抄写很多遍以熟记于心。在小学里,我首先必须以自己的方式来临摹书法大师的作品，以打下良好的基础。语文老师经常建议我们，要先仔细研究知名作家的写作风格，然后再找到自己的风格。我怀疑不只有中国人这样做。在法国这种对于"复制"的普遍排斥中，难道没有一份虚伪在里面吗？

我知道：法国人热衷于表现得独特而有创意。对此，我上个月填写第三年报税表时刚刚经历过。当我开始在北京工作时，我的税款直接从工资中扣除。在法国，你必须填写一个四页的表格，上面的标题一个比一个晦涩难懂。但最让我印象深刻的是工资单。在中国，除了税收栏，主要栏目包括税前工资、养老保险、医疗保险、住房公积金和净工资。在法国，每次我收到工资单时，我都觉得是在处理一个复杂无比的数学方程式。

"真实的事物是简单的，但我们总是走最复杂的道路才到达那里。"法国小说家乔治·桑如此写道。在法国更是如此，因为在这里，简单常常令人怀疑：它等同于天真和缺乏思考。相反，在我的国家，简单是智慧和实用主义的标志，因为它可以提高效率。对于这种红白蓝三色旗风格的激情，我给它取了一个名字："法式谜题"。其定义如下："一个具有智力刺激的过程，但通常毫无用处且难以付诸实践。"当然，抱怨这种完全可预测到的低效率，也属于其中一部分！

更糟糕的是，许多法国人看起来完全意识到了这种习惯的荒谬性。在离开上述那家咨询公司之前，我受委托去评估一家法国大型工业集团内的组织流程。执行任务的第一天，我要求阅读公司内部的流程手册。足足有几百页。我瞠目结舌。

"你们真的遵循所有这些流程吗？"

"不，几乎没有。"对方承认。

"出于什么原因？"

"因为它们太过复杂，导致无法被执行。"

这也正是我想说的。

在中国，崇尚简约是我们传统文化中的一部分。我也不例外，不过这有时会让我的同事和朋友产生一些疑问。一天早晨，我来到办公室的咖啡机旁，遇到了团队成员文森特。他有着橄榄球运动员般的体态，年轻而充满魅力，但声音尖锐。他先是远远地观察我，然后在一个迟疑的姿势之后，和我打招呼。

"我观察你有一段时间了，我想问你一个一直困扰我的问题。"

他表情极其严肃。我有点紧张，问自己是否做过什么不恰当的事情。但只要那个问题不是"你能清理你的办公桌吗？"或者"你愿意嫁给我吗？"那就没有关系。

"你讲吧，我听着。"

"嗯，我注意到你来咖啡机这里后，经常带着装满热水的杯子离开。只有热水，不放任何东西。这对我来说似乎有点古怪。"

这是真的：自从我到达法国以来，我还没见过有法国人像我这样喝热水。对我而言，这种习惯特别自然，我没想到可能会让人感到惊讶。

"在中国，我们从小就喝热水。"

"可是你们什么都不放吗？不放茶，不放药茶，也不放咖啡？"

"这不是必需的。你知道，热水非常有益于健康。"

文森特说，他不知道这种特殊的习惯，但他完全理解。然而，他的表情已经清楚地表明，他将我当成了外星人。

这有什么可让人惊奇的？本质上，一杯茶不就是一杯芳香的热水吗？为什么要不惜一切代价，去修饰简单和对健康有益的东西？这个例子似乎无关紧要，但在我看来，它说明了我们两种文化之间的深刻差异。道家哲学对中国文化产生了深远影响，它提倡简朴不奢华的生活。拥有很少的东西并专注于最重要的因素，以保持对于自身身体和精神的掌控，这不仅是可以做到的，而且是被鼓励实践的。"平平淡淡才是真。"一句中国俗语说。在法国，我最常听到的一句话是："人生苦短，应该充分享受！"不加节制地享受生活的乐趣，屈服于诱惑，不压抑自己的欲望……简而言之，把咖啡倒进杯子中，而不仅仅满足于喝热水。

*

如果说，这种道家哲学在今天仍然受到许多中国人的推崇，那么另外一些中国人却正在放弃它，转而接纳一种不同的世界观。随着音乐节的临近，我在北京的朋友美娟联系我，问我可否在周末陪同两位中国大集团的老总访问巴黎。我本来已经有其他安排，但看在友谊的分上，我同意帮助她而不索取任何报酬。谁知道呢？与这种地位的企业家互动，也许能启发到我。

我与这两位高端游客的见面定在了周六晚 9 点，地点在他们下榻的巴黎 16 区的一家酒店大堂内。浩宇和伟奇的年龄都接近五十岁。浩宇大腹便便，笑容满面。伟奇外形干瘦，性格冷淡。此外还有两位非常漂亮的年轻女孩陪伴左右，我猜她们是大学生。他们告诉我，一辆供我们专用的轿车在酒店门口等着我们。

他们两人选择去文华东方酒店内的酒吧喝一杯，这是一家官殿酒店,位于圣奥诺雷路。下车后,伟奇叫我:"导游！站在前面给我们指路。"他也太自我膨胀了。我在刚才自我介绍时,已经告知他们我的名字。我免费陪他们游玩,是看在与美娟的情谊上,但他们也不应该将我当作他们的仆人。按照中国文化的惯例,为了避免正面交锋,这一次我忍住了内心的不快。

一位服务生将我们带到内部庭院内的一张大桌旁,桌子四周摆放着一张大沙发和绿色植物。浩宇立即点了一瓶特级白葡萄酒,然后我们相互碰杯。伟奇观察着周围优雅的装饰,叹了口气。

"啊……我真希望我的太太看到这些。"

我刚才和自己说,这两个同伴不是他们各自的妻子。现在,我只看到一种可能性。

"这些年轻姑娘是你们的女儿吗?"

两位企业家面面相觑,既惊讶又尴尬。谁都懒得回答我。气氛顿时变得有些诡异。

"那么,你建议我们明天干什么呢?"浩宇换了个话题问我。

"奥赛博物馆目前正在举办一场关于印象派的展览。"

"好主意。"伟奇评论道。

"明天晚上将有每年一次的音乐节,在巴黎和整个法国都会举行。气氛总是很好。"

"那我们去看看,"他说,"你能为明天中午推荐一家好的餐厅吗?"

"没问题,今晚我会准备一份清单。"

我回到家后,美娟给我打来电话,以确认白天是否一切顺利。

　　　　　　　　西哈诺、孔子与我

我坦率向她承认了我的误会。

"还有两个年轻的中国女孩,我还以为是他们的女儿……"

"春燕,你也太天真了。他们几乎每次出去旅行时都会带着不同的年轻女人。而且,他们的太太很可能也知道。"

这些年我一定是在法国待的时间太长了,以至于没有注意到国内这些风气的变化。

第二天晚上,我们坐在布洛涅森林里的一家知名美食餐厅内,等待享用晚餐。这一次,气氛比前一天更加拘谨和刻板。我们点的一瓶酒很快就送达了,但是在点餐后二十分钟,开胃菜仍然没有送上来。

"我想去看音乐节,告诉他们我们很赶时间。"伟奇说。

他们并不赶时间:主要是他们不习惯等待上菜。我试着向他们解释。

"在法国的高档餐厅内,我们不会要求加快服务速度,这是不礼貌的。"

"但我们在浪费时间,你能告诉他们吗?"他坚持道。

我以非常委婉的方式,将信息传递给经过我们餐桌的一位服务员。

"我会通知我们的厨师。"他回答。

提议是失败的。十分钟后,菜仍然没有上来。

"你能不能重新要求他们加快速度?"浩宇生气了。

我羞愧得脸色通红,再次将此要求告知了同一个服务生。

"是的,女士,我们已经考虑了您的要求,"他回答道,努力抑制住自己的厌烦，"今晚我们有很多客人。请您耐心等候。"

我们的谈话甚至引起了邻桌几个法国人的注意，他们看着我们，好像我们是刚来到大城市的农民。

我有些无地自容。

晚餐结束后，我带领大家穿过圣保罗区，我知道那里会有很多街头乐队。我在业余歌手和跳舞的行人之间闲逛了五分钟后，忽然意识到我已经独自行走了一段时间。我环顾四周：没有人跟着我。他们只跟我走了一小会，然后立刻掉头回到车中，却没有给我半点示意。我返回，重新找到这些人。他们想回旅馆，问我是否愿意次日再当一天导游。我礼貌但坚决地拒绝了。

让一个人变得高贵的，不是他的财富或者社会地位，而是他对待别人的方式。在中国，很多"土豪"表现得傲慢自大，高高在上。此外，自 1978 年推行经济改革以来，国家大力提倡发展经济。中国社会变得非常物质化。中国传统价值观在"文化大革命"期间也受过严重破坏，但如今依然在中国发挥着影响，只不过它们的实践情况因人而异。

幸运的是，并非所有的中国富豪都有如此的行为举止。我记得，几年前，一位中国大集团的老板在巴黎开过一次会议。演讲开始之前，他并没有一个人坐在台上，而是过来与在场的每一位打招呼，主动送上名片和真诚的微笑。我很自豪他为我们国家传递了这种开放和朴实的形象。

西哈诺、孔子与我

26 巴黎人行为模式指南

六年的巴黎生活让我接纳了法国和法国人。然而，尽管我努力地把握巴黎生活方式的多样性和细微性，我在这里仍然感觉像个外国人。至少这是我的感觉，直到我在北京的一位老朋友媛从中国来巴黎拜访我。我打算向她展示，这座光之城在旅游景点之外的精致之处。

我邀请媛和我的四个朋友在首都的一家小酒馆内共进午餐，其中大多数是"法国土著"。媛不会讲法语，这并不妨碍法国人之间使用莫里哀语言进行交流。他们不时地对她冒出几句英文。气氛良好而热切，总之很巴黎化。我们互相喧哗，我们互相抨击，我们对任何主题都发表意见，但手中的刀叉一刻都没有停止过。

我很快意识到，媛在她的角落里安静地吃饭，似乎对我们的激烈辩论不抱任何热情。我向她道歉，问她是否喜爱她的饭菜。

"是的，但我承认我很惊讶：法国人都是这样的吗？我的意思是，他们可以一边进餐一边滔滔不绝，这让人印象深刻。"

"在这里，健谈是社交礼仪的一种。"

"你已经养成了法式习惯：我不记得你以前话这么多。"

真的吗？我之前并没有意识到这一点。

"这有可能。你知道，在这里，为了融入社会，我们必须不断地展示自己了解很多东西，并且对一切事物都抱有自己的看法：电影、休闲、体育、假期、经济、地缘政治……如果对讨论内容没有什么想法，那只要说'这是真的吗?'或者'这不是真的……'就足够了，这表明我们仍然在对话当中。如果想开始一个话题但又不知从何开始，那谈谈天气就足够了。"

媛哈哈大笑，她以为我在开玩笑。我提议当场向她演示。于是我突然向大家抛出一个问题：

"这个周末天气很好，你们不觉得吗?"

所有人都点头，转到这个话题上。

"之前一整周都在下雨，简直是地狱。"

"今天早上趁着天气好，我去公园走了一圈。"

"我希望这好天气会持续下去……"

"好像不会!"

"这不会是真的吧……"

很快，我把他们的对话都翻译给了媛，媛笑得更开心。我没有对她撒谎。

午餐持续了整整三个小时。媛看着手表：她想去奥赛博物馆。没有一个中国人能在这顿午餐中支撑这么久而不去睡个午觉。在我刚到达法国时，我也有和我的中国朋友一样的反应。即使现在，有时我仍然会因此苦恼，比如在超市排队时，收银员不慌不忙地与顾客侃着大山，就像坐在咖啡馆里悠闲地喝咖啡一般。

尽管我的骨子里仍然是中式传统文化，我真的已经变得比我想象中的更法国化了吗？仔细想一想，也许真是这样。来到巴黎后，我发现了外面的世界，并以开放的心态与不同的人交流。从这个角度来看，这种经历是成功的。我以前是一个非常自律的女孩，最想实现的是学业和事业的成功。现在，我在这离家几千公里的地方，在几个小时内，用不是我母语的语言，一边吃着东西一边聊着雨水和好天气。想到这里，我感到些许晕眩。我没有看到时间的流逝。我没有注意到自己在发展和改变。

不过我觉得媛误会了一点：我还不是一个被加工完毕的巴黎人。为达到此目的，我必须使用巴黎人最喜欢的武器：侮辱。在任何情况下，无论他们想表达"是"或"不是"，他们只是为了获得挥舞这件武器的乐趣。

该来的总会来。那天，我从十七区搬到了十六区。我早晨租了一辆卡车，在几个朋友的帮助下搬运我所有的东西。晚上，我一个人回到旧公寓，检查是否已经拿走了所有物件，这时我意识到自己把熨衣板遗忘在了橱柜最深处。卡车已经离开了，所以我必须用出租车运送它。在住宅楼前，我叫到了一辆出租车，它停到我的面前。

和司机打过招呼后，我打开后门，将熨衣板放置在后座上。然后，我坐到前排副驾上。

"您在做什么，小姐？"司机不悦地问道。"乘客必须坐在后座，绝对不可以坐在前面！"

"我没有办法，后面已经没有地方了！"

我的回答让他极其生气。他二话不说，打开车门，抓起熨衣板，粗暴地扔到人行道上。我目瞪口呆地看着这一幕。

"好吧,您赢了,我不拉您了!"

他气得满脸通红,冒着损害自身健康的风险——按照中医的说法,他正在伤害自己的肝脏。当这个作风粗鲁的家伙回到他的方向盘前时,轮到我发怒了。

"你这个混蛋!"

他没有回答,突然加速离开,留下我一个人站在人行道上,无比震惊地拿着我的熨衣板。难道是我惊吓到他,让他害怕我会利用坐在他旁边的机会,去谋杀他?

我不欣赏粗鲁的行为。尽管我的同学于连在学校时曾经教过我很多侮辱性的词语,但我很少使用它们。不过这一次机会太诱人了,可以说,"混蛋"这个词是自然而然出现在我脑海中的。一旦放开自我,我就感受到了这个魔语的全部解放力量。我终于成为一个真正的巴黎人了吗?

*

谁没有听过这句话:"如果没有巴黎人,巴黎将会是天堂"? 或者:"巴黎人嘲笑整个法国,整个法国嘲笑巴黎人"? 又或者,那句著名的"巴黎人狗头,巴黎人小牛头"[①]? 我们不知道,巴黎人的这种坏名声究竟是从何时开始的,但可以肯定的是,他们有着吸引他人憎恨的艺术。据说,他们会交替出现如下症状:冷漠、不耐烦、烦人,甚至傲慢,尤其在外国人或外省人面前。尽管如此,一个真正

---

① 这是一句押韵表达的法文句子(Parisien tête de chien, Parigot tête de veau.),通过将巴黎人与动物相提并论,来讽刺他们的"凶猛"和"脾气暴躁"。Parigot 是一种带有贬义的口语化表达,用以指巴黎本地人或居民。

西哈诺、孔子与我

的巴黎人能够享受的好处也很多：比如，他们更有可能在首都的酒吧或餐馆内，享受到更好的接待和服务。此外，无数人——无论在法国外省还是在国外——仍然沉迷于对光之城的幻想中，这带给了巴黎人一种不可否认的自豪感。

这种嘉奖当之无愧。成为一个巴黎人，或者一个巴黎女人，如同一门神圣的职业，需要多年的苦心经营和自我牺牲。那些没有幸运地生长在这里的人，真的也可以自称为巴黎人吗？答案是肯定的。您只需要牢记一些风俗习惯，以严谨和足够低调的方式将其付诸实践，以免泄露这些秘密。

规则 1：真正的巴黎人有……巴黎口音。既难以形容，也难以让外人模仿。巴黎人带着这种小小的势利语调，给人一种永远居高临下的印象。如果巴黎人确信自己不带口音，那么另一方面，他们会欣赏某些具有异域风情的口音——法国南部的口音除外。我的中国口音赢得了许多赞美，最常受到的形容词是"有魅力的"。我很高兴。

规则 2：要看起来像巴黎人，您得穿深色衣服，最好是黑色、灰色或深蓝色，尤其在冬天。作为真正的巴黎女人，她的衣橱里至少有一条黑色齐膝裙或连衣裙，长度合适，优雅且易于搭配。不过，她几乎从来不会去碰只有英国女邻居才会套上的迷你裙。对于巴黎女性来说，最性感的衣服不需要露得最多，但能激发神秘感和想象力！她知道如何在不同情境下都保持优雅，同时给人一种没有付出（太多）努力的印象。她需要根据场合，在高雅和休闲之间找到适当的平衡。即使是一件简单的 T 恤和牛仔裤，她也可以通过添加一件配饰、一双独特的高跟鞋或者一双平底鞋，来打造一套新装束。当真正的巴黎女人穿上各种细高跟鞋时,她还会在包的最深处提前准备好备用鞋——轻便平底女鞋之类的。这个折磨世界上所有女性的困境——选择优雅还是舒适——在这里得到了圆满解决:她们同时拥有两者!

规则 3:巴黎人永远不会感到无聊。他们都有一个部长级的日程表,涵盖文化活动、朋友聚会和爱情冒险。当他们外出时,他们从来不选择香榭丽舍大街,除了去影院观赏电影或者在首都某些时尚夜总会内跳舞。规则很简单:遇到的游客越少,地方越好。同样,就购物而言,巴黎人的首选也不是奥斯曼大道上的巴黎春天或老佛爷百货,因为这相对于他们的口味来说太"旅游化"了。他们更喜欢塞佛尔街上的乐蓬马歇百货公司,位于塞纳河右岸的玛莱区的精品店,或者他们多年以来耐心收集并记录在小笔记本上的秘密地址:时装、配饰、香水……他们并不会特别寻找大牌标签,更中意价格合适的优质商品。

规则 4:巴黎人出门的目的不仅仅是从 A 点移动到 B 点。在首都的街道上,他们可以漫无目的地散步,仅仅为了在选定的路线上闲逛和欣赏风景。这也是巴黎女人的秘诀,可以常年保持让美国女性梦寐以求的窈窕身材。

巴黎的行人总是在交通信号灯变成红色的时候穿过马路,甚至当警察在场时。诚实地讲:巴黎人并不是世界上最自律的人群,尤其相比较于他们的一些欧洲邻居。在德国或者瑞士德语区,行人在过马路时会静静地等待信号灯上的小人变绿。谁敢违反这条规矩,必定会引起本国同胞的愤慨。尤其是,成年人必须为孩子树立好榜样。巴黎人没有时间考虑这些。面对制定的规则,您必须行动迅速并且保持灵活性。

规则5：如果巴黎人从周一到周五总是匆匆忙忙，那么在周末，他们会放慢节奏生活。由于前天夜里的"疯狂派对"，他们经常要到次日上午10点之后才能起床。他们有时会在最后一刻，才能记起几周前和他人定下的约会。如果他在48小时内回复了一条短信，这意味着他非常重视对方，决定作出相当大的努力。在白天，他可以与朋友闲聊一整个下午，只点一杯咖啡。总之，在巴黎的周末，我们要给予时间充足的时间。但这并不总能成为需要等到红灯变成绿灯时再穿行马路的理由……

规则6：巴黎人总是取笑外省人，就像众多上海人或多或少不太在乎来自其他城市或省份的中国人一样。这种明显的蔑视背后的原因是，巴黎人对他们的城市的热爱是深沉且真诚的。如果巴黎人问你："世界上最美的城市是什么？"脱口而出的答案必须是"巴黎！"毋庸置疑！还有什么城市可以与之抗衡？如果他们问你："世界上最美丽的大道是什么？"那就取悦一下他们，回答"香榭丽舍大街"，即使他们从来不踏入那里半步。

规则7：巴黎人总有意见可以分享，无论在什么主题上：地缘政治、内部政治、在科西嘉岛的假期、谁给谁戴了绿帽子……即使他们可能不知道一切，他们也必须给人感觉了解所有并且笃信不疑。"辩论"是他们存在模式的关键，他们随时可以展开一场带有争议性的讨论。您得准备好。

原则上，巴黎人不会轻易与对手意见一致。关于对方提出的每个论点，他们绝对有必要提出"反论点"。这也是法国人在学校里学习的方法论。为了表明自己知道如何思考，无论对话者说了什么,理想的做法是先回答"不是的!"然后再问对方,"对了,你说了什么?"

规则 8:当巴黎人将手放到方向盘上时,他们会自动授予自己世界和银河之王的地位。即使面对一条受保护的人行道,只要街边没有红绿灯,让行人先过就会成为他们真正的心理障碍。这明显违反了道路交通法规,但是,巴黎人一旦获得了驾照,就会将这本规则和相关约束从自己的记忆中抹去。此外,巴黎的摩托车手们酷爱在深夜里从街头疾驰而过,制造出无数噪声,从而唤醒每位居民,展示摩托车的全部音域。

规则 9:在巴黎,我们必须避免说英语,或者最起码,得说法式的英文。这是惯例。在我 HEC 的同年级中,有一个名叫普拉克的印度同学。他抱怨道,自己用英文向售票员购买地铁票时,对方态度很不友好。在遭受到这些经历的创伤后,他下定决心,通过加倍努力来提高法文水平。短短几个月内,他就取得了巨大的进步。从那以后,他终于喜欢上了乘坐巴黎地铁。

巴黎人的英文水平普遍偏低,这是我亲眼所见。在一家服装店内,我想购买一件 T 恤衫,但没认出上面的文字,一位女售货员告诉我:"Trou love(洞爱)①。"我没有看到衬衫上有任何洞,但这并不是我要问的问题。"Trou love",这位女士重复道,显然很不快:"但您不说英语的吗?""啊,true love(真爱)。"②我终于明白过来。不过,她并没有完全弄错:真爱会让人受伤,就像子弹在墙上留下

---

① Trou 是法语,"洞"的意思;Love 是英文,"爱"的意思。
② 该售货员用法文发音的方式来念英文单词"True",所以听起来就像法文单词"Trou"("洞")。

西哈诺、孔子与我

的无数个弹孔一样。在一家麦当劳,我曾经鲁莽地要了一份chicken wings[①]。"我们说 ailes de poulet[②],女士,"对方用粗暴的语气拒绝了我,"我们这里没有 chicken wings!"这友善的态度真令人感动。

规则 10:在巴黎,精通法语并不能百分百地保证可以获取更好的服务。您可以在一家餐厅里享受国王或王后般的待遇,但在相邻的一家餐厅内却被视作一只行走的钱包。您有没有在巴黎遇到过某个服务员,他说自己"很忙",之后突然变得又聋又瞎,尽管您给他做手势表示想点东西?假如您因此生气了,这可能会进一步降低对方的服务水平。如果说,在纽约,与顾客或陌生人打招呼时面带灿烂的笑容并问候一声"您好吗?"是一种看起来很正常的做法,那么,在巴黎,您最好避免犯此类错误,除非您想让别人认为您不正常或者心理不健康! 中国人所熟知的一句话——"顾客就是上帝"——在这里也不适用!

规则 11:提防经常以外国人为目标的诈骗者。一个星期六,面对着这座旧建筑八楼上堵塞的卫生间马桶,我想到了一个好主意。我找到了分发到我邮箱内的一份神秘宣传单,打通了上面显示的水管工号码。一位专业人士随后到达,带着忧虑不安的神情,向我解释说,他将不得不实施重要措施:先让一辆卡车停到我家楼下,再从卡车上将一根长管子穿过我家窗户,连到卫生间来疏通马桶。用卡车来打通厕所,即使在动作片中也没见过。报价环节是整场表演的亮点:1 200 欧元! 我拒绝了,并要求水管工离开。他

---

① 英文的"鸡翅"。
② 法文的"鸡翅"。

就像在听一首重金属音乐般疯狂摇头。他非常恼火,要向我收取
120 欧元的上门费用。我同意给他 60 欧元,再次请求他离开,否则
就要报警。威胁产生了效果,但他仍然要求收取现金。我最终找
到了一位来自巴黎 13 区的中国水管工,他在 30 分钟内拆除马桶并
解决了所有问题,收费仅 80 欧元。

西哈诺、孔子与我

27　上桌！

众所周知：所有亚洲人都长得一样。

我不责怪被这种想法困扰的人们。理由是：自从我来到国际大都市巴黎后，我遇到了来自不同国家的欧洲人，我必须承认他们在我看来都差不多：法国人、德国人、西班牙人、意大利人……对于我来说，我更偏向于将他们划分为：高或矮，褐色头发、金发、红发、栗色头发或秃顶。我唯一能够立刻辨别出一个法国人的时候，是他开口讲英语时。著名的"法式口音"就像法国奶酪一样独特，很难不让人注意。除了这个特点外，法国人在外观上与他们的欧洲表亲们或多或少有些相似。同理，我们也很难去责怪法国人只要一看到有蒙古褶的眼睛就会想到亚洲人。

秋日里一个阳光明媚的周六，天空蔚蓝，万里无云。我在蒙帕纳斯区漫步，前去参加一个画展。我走过一家餐馆的露台附近，一位上了年纪的男士在那里抽烟。我从眼角看到他在看着我。当我经过他身边时，他说：

"Konnichiwa!"①

---

① 日语中的"你好"。

我环顾四周。没有其他人。他确实在对我讲话。这个误会令我微微一笑，但我也无需费心纠正。我一言不发地继续往前走，一直走过这个陌生人，这时他自以为是地补充道：

"Sayonara！"①

嗯，他人并不坏，但他还在坚持自己的错误。我停下来纠正他，同时对着他灿烂一笑。

"我是中国人，先生。"

"哦。中国人……"

他观察着我，滑稽的表情在惊讶和失望之间摇摆不定。他没有再作任何评论，但我似乎读懂了他的想法："你看起来像一个体面优雅的女人，你怎么可能是中国人？"

在法国，对于中国和日本的这种"区别对待"非常普遍。我不止一次地注意到这个现象，尤其在报纸上，中国经常被描述成"一个污染严重、不平等严重、拥有威权政治体制的国家，窃取西方技术并威胁世界稳定"。一提到日本，语气就变了："一个科技先进的现代化国家，那里一切都干净整洁，居民彬彬有礼且优雅。"但是他们忘了：在历史上，日本曾经从中国这个邻国那里汲取了许多灵感。唐朝时期，日本权贵们派出众多使者到中国学习中华文明：政治制度、历史、文化、书法、礼仪、佛教……即使在今天，很多中日文字看起来也很相似，而且其中一些写法完全相同。

在我的日常交流中，这种待遇差异也展现在选择亚洲餐厅时。如果说法国人对中国餐馆的印象通常是一般的或糟糕的——卫生

---

① 日语中的"再见"。

状况可疑、菜肴过于肥腻、有牛肚或猪耳朵等动物器官——那么，似乎并没有人会犹豫去吃日餐。本杰明是我通过伊涵认识的朋友，这是一个三十多岁、留着大胡子的快乐小伙。他最喜欢去歌剧院区品尝日本料理了。他对那里菜肴的质量和精致程度赞不绝口。我有点困惑，有一天晚上决定和他一起前去用餐，一探究竟。

这家餐馆一共有两层。本杰明和我在宽敞的开放式厨房旁，找到了两个并排靠着的位置。我听到厨师之间的谈话片段。他们的口音对我来说并不完全陌生。啊，我知道了。我装作若无其事，拿起菜单。

"这是真正的日本料理。"本杰明兴奋地评论道。

这张菜单对他来说没有秘密：他已经尝试过一切。他选择了什锦烧，这道菜介于煎蛋和煎饼之间，将蔬菜和肉类混合在一起。我点了一碗日本拉面，这是浸泡在汤汁里的荞麦面。"你会看到，这里的一切都是正宗的。"本杰明带着贪吃的微笑表情，特意补充道。

一位女服务员过来让我们点菜。这一次，我不再有任何怀疑。当她带着我们点的两瓶啤酒回来时，我赶紧用普通话问她。

"对不起，问一下，小姐，您是中国人吧？"

"是的。"她带着灿烂而美丽的笑容。

本杰明瞪大眼睛盯着我。

"可是，春燕……你会说日语吗？"

"是的，就一点点。"

和本杰明一样，很多巴黎人都不知道这个小秘密：城里的很多日餐馆其实都是中国人经营的。对于一个只想着"扩张其狡诈邪恶"的国家来说,这没有什么骇人听闻的:除了赚取这些天真无知的可怜顾客的钱之外,中国人将通过他们的餐馆,逐渐入侵全世界。

除了中餐厅被赋予的这种低端形象外,在谈到"美食"时我经常会遇到一个顽固的陈词滥调:中国人吃狗肉。这不完全是一个传奇。在中国,广东人以什么都能塞进口中而闻名,没有什么能逃脱他们的胃口。一个有名的笑话描述,他们能够吞下一切,除了"四条腿的板凳"和"两条腿的活人"。在中国某些地区可以吃到狗肉,但这种饮食习惯总体并不普遍,并且呈下降趋势。无论如何,在整个中国、如同在西方国家一样,狗如今通常被视作宠物,尤其是在大城市中。

对于生活在法国的中国人来说,被问到"你吃过狗吗?"这个问题,再正常不过了。当我碰到这种情况时,随之而来的对话通常是这样的:

"狗肉?当然!这甚至非常美味,非常有营养。"

"可是你怎么能这样做呢?你太可怕了!"

"哦,你知道,在中国,我们从小就吃狗肉。"

"真的吗?"

当到达谈话的这个阶段时,我的对话者通常会瞪大眼睛看着我,尽力掩饰我让他感受到的恐惧。我借机要再加强一下效果。

"我知道这可能令人震惊,但你得知道,中国的狗不如欧洲的狗可爱。吃它们我们可以少一些痛苦。"

"你们……因为它们丑而吃掉它们?"

这通常是我选择结束这个小游戏的时候,此刻我会向对方承

西哈诺、孔子与我

认一个令人悲伤和失望的事实：像我的大部分同胞一样，我这辈子从来没有尝过狗的味道。这与1870年巴黎被普鲁士军围困期间许多巴黎人的作风①不同。您上网一查，就知道是真的了！

在中国，狗的形象相当矛盾。一方面，在过去的文学作品中记载着一些轶事，描述狗对主人忠心耿耿，有时甚至会救主人性命。另一方面，在中国人眼中，狗——尤其是体型大的狗——也会让人联想到好斗的动物。谚语说："狗仗人势。"此外，我注意到，在法国，狗是老年人的宠物，有时是他们唯一的伴侣。在我的住宅楼的楼梯上，我经常遇到一位七十多岁的老人，她就符合这种情况。在中国，陪伴长辈最多的不是狗，而是孩子和家人。

将狗当作食物这一轶事，展示了饮食习惯在多大程度上存在差异。这一点，对于中国人和法国人同样成立。每一次经过奶酪商的橱窗，我都会惊叹不已。法国人怎么能生产出如此多质地、形状和气味不同的奶酪？他们怎么能记住所有的名字？我时不时会品尝一下卡芒贝尔、康塔尔甚至罗克福尔奶酪。然而，一些特产比如老布洛涅或蓬莱韦克奶酪，味道太过于浓烈，以至于我不敢冒险接近它们。制作中国菜时，为了避免强烈的气味，我们使用不同的调味品和酱汁使其消失，但也有一些例外。比如臭豆腐：在中国，我们说它越臭越好。我有时会听到关于法国人的同样的说法。当然，我是指他们的奶酪。

在法式西餐大厨保罗·博古斯和乔尔·卢布松的土地上生活了七年之后，本杰明和其他几个朋友邀请我去餐厅，品尝毫无疑问

---

① 1870年巴黎被围困期间，巴黎人吃过猫、狗，包括大象在内的动物园动物，甚至老鼠！

最具异国情调的法国特色菜。这是让世界其他地方感到恐惧的一款菜肴：蜗牛。我也不例外：这腹足类动物黏糊糊的外表根本无法引起我的食欲。在中国，没有人会冒险把这样一道菜放入自己的盘中。同桌的进餐者让我别无选择：每个人都点了勃艮第蜗牛。看到这些可怜的、趴在欧芹黄油中的小动物被端上桌，我忍不住流露出厌恶的表情。

"你会发现，这味道很棒。"本杰明坚持道。

"蜗牛毕竟不是很干净。"

"它们都被清理过了，你想什么呢？来，尝尝！"

我鼓足所有的勇气。桌上其他人向我演示蜗牛钳如何使用，之后我尝试了两次。我把蜗牛从它的避难所中解救出来，如同打开一瓶葡萄酒。扑通！它被释放了。这光秃秃的标本比它在壳里时看起来要大得多。我闭上眼睛，迟疑地把这小动物送到嘴边。同桌所有的客人都停止了进食。他们在等待我的反应，就好像我要向他们披露一件令人难以置信的事情。

"但这……真的很美味！"

我的朋友们兴高采烈，并为我不计后果的冒险尝试鼓掌。如果成功融入法国的真正标志是被煮熟的蜗牛所吸引呢？从那以后，我变得非常喜欢这道菜肴，以至于会时常购买袋装的冷冻蜗牛食品。

这段插曲，让我想起了过去的另外一段经历。我在尝试鞑靼牛排时也有过同样的担忧，但最开始点菜时我完全不知道它到底是怎样的一道菜。之后，看着眼前这堆肉末的混合物，我想象着这只可怜的牛，它血淋淋的肉刚刚被切开，再原样落在了我的盘中。

这该有多么残忍！那一次，小尝一口后并没有带来什么改变。最终，是和我一起午餐的伙伴心满意足地结束了我点的这道菜：吃生肉真的完全超出了我的能力范围。另外，对于我们中国人来说，煮熟的食物不仅更美味，而且对健康也大有益处！

无论我们之间有何差异，法国和中国都有一个共同点：两国都非常重视餐桌上的乐趣。法国是一个拥有卓越饮食文化的国家，其美食甚至后来被联合国教科文组织列为世界遗产。在中国，烹饪也是我们文化中不可或缺的一部分。俗话说，"民以食为天"。我们有八大地区菜系。一道成功的菜肴必须色香味俱全。准备技术和烹饪方法也非常多样化。不同口味可以被混合，包括甜味和咸味。和在法国一样，进餐是一个欢快的分享时刻，既可以加强社会联系，也可以拉近商业伙伴之间的距离。饭后签订合同常有发生，尤其是在喝了一小杯白酒——中国人偏好的生命之水——之后。

法国人甚至比中国人更加注重餐桌礼仪。您必须先点开胃菜和主菜，然后等到主菜结束后才能选择甜点或咖啡。在中国，冷菜和热菜可以同时上桌，让全桌客人共同享用。在中餐厅，喧闹往往标志着气氛热情友好，而在法餐厅，客人必须轻声细语，避免弄出任何明显的声音。在中国，我们可以容忍大声吸面条或喝汤，这甚至可以被理解为一种表达对食物欣赏的方式。在典型的法式用餐中，您还必须用心记住哪种杯子盛放哪种饮料——白葡萄酒、红葡萄酒或水；哪些餐具用于哪些菜肴；如何折叠或者整理餐巾；当结束用餐后，如何以及在何处放置刀叉……这些以前我都不了解，尽管我保持谨慎，但还是未能避免几次笨拙的行为。

一天晚上，我受邀参加一个商业活动。活动结束后有一场晚宴，组织方是一家致力于中法商务合作的俱乐部。气氛颇为拘谨，现场出席的都是些重要人物。晚餐在一家著名餐厅内举行。我们十几人围坐在一张大圆桌旁。水杯、酒杯、开胃菜刀、主菜刀……一切我都很熟悉。突然，我看到两个小碟子以相同的距离摆放在我的盘子两侧，上面各放着一小块面包。我困惑了：哪个面包才是我的？右边那个还是左边那个？我的大脑快速转动着。大多数人都是右撇子；从逻辑上讲，应该是我右侧的碟子归我使用。我轻松自在地抓住了上面的面包。

　　与此同时，坐在我右侧的一位老先生停止了他的谈话，疑惑地看着我。我礼貌地向他微笑，然后继续小口咀嚼我的面包。但奇怪的是，他的目光一直落在我身上。我不知道他想要什么，但我不能再无视他。

　　"一切都好吗，先生？"

　　"很好，谢谢您，小姐。抱歉，但我想您拿走了我的面包！"

　　我观察四周：所有的客人都从他们左边的碟子里取面包。我的脸红了，感到从未有过的尴尬。我向他表达歉意。

　　从那时起，当我在餐厅时，如果我对应有的餐桌礼仪有丝毫怀疑，我总会等一等，先观察法国人如何表现，以避免被猝不及防地抓到犯错。

　　有时候，单有这种谨慎仍然不够。在一次去图卢兹出差期间，我独享晚餐，点了一杯波尔多葡萄酒来搭配牛排。酒很甜，与我之前喝过的波尔多酒很不一样。"小姐，您喜欢葡萄牙的酒吗？"邻餐客人突然向我发问，这是一位非常优雅的白发女士。我不明白她

　　　　　　　　　　　　　　　　西哈诺、孔子与我

的评论。她补充道,我其实点了一杯……波特酒。我向热情的女服务员指出这个错误,她承认对我刚才的选择感到惊讶,因为我要的是"波特(Porto)葡萄酒"而不是"波尔多(Bordeaux)葡萄酒"①。我用注意力不集中来为自己的误会辩解,因为这有时会让我混淆"p"和"b"以及"d"和"t"。"对不起,我今晚有些疲劳。"我尴尬地解释道。"至少,您发现了一种新的酒!"她们安慰我。最终,我们都被这一段出乎意料的插曲逗乐了。

---

① 波尔多葡萄酒在法文中是 Vin de Bordeaux,而波特酒是 Vin de Porto,后者一般被用作开胃酒而不会配主菜。

28　空气陷坑

到目前为止，我的职业生涯很成功，但我的白马王子仍然在让我等待。我现在没有、过去也从来没有拒绝过拥有一个丈夫和组建家庭的想法，但我确实从未在这个方向上做过任何特别的努力。我的工作和我的不同爱好——跳舞、绘画、阅读等等——让我没有太多空闲时间去结识新朋友。归根结底，我抱着顺其自然、一切随缘的态度。不得不承认，到目前为止，缘分仍然未到。

2010 年开启了我一段忧郁期，这促使我审视自己的生活——包括情感之路。我在法国的第七年即将开始。这是个有趣的巧合：在中国，据说结婚的第七年是危机之年，会考验夫妻感情的坚实度。可以肯定的是，孤独感开始压迫我，让我变得脆弱，即便我并不孤单。我有关系很近的中国朋友，但除了我的 HEC 教父之外，我还没能与其他法国人建立起真正牢固的链接。他们很少邀请我去他们家中做客，讨论也很少涉及私密话题。总之，我不记得曾经有过，尤其在我经历一些困惑的时候。如果我回到中国，一切将会不同。

在友谊上，法国人通常比在爱情上更为忠诚，但要与他们成为真正的朋友，则非常需要耐心，这和中国人之间一样。然而，在巴黎,光有耐心是不够的,来自不同社会阶层、家庭背景、地区或国家的人群不会轻易地混在一起。我感觉自己被法国社会接受,但又不属于它,这与我在 HEC 时的融入困难遥相呼应。我只向少数人敞开心扉谈论我的忧郁,尤其不想让我的父母知道。在他们眼中,我是坚不可摧的推土机。我必须不惜一切代价地保持这种状态,我不想让他们担心。我习惯了自己管理所有事情。长期以来,这是我最大的力量;它也正在成为我最大的弱点。

我与一个法国人的短暂恋爱关系,是这段时间内我背负淡淡的忧伤的第一个导火线。巴蒂斯特是一位杰出的工程师,毕业于巴黎中央理工学院。我们在一次巴黎年轻白领的社交晚会上相遇。他与我同岁。看到他的第一眼,我的心就怦怦直跳:他的脸庞散发着阳刚之气,男人味十足,眼神深邃,仿佛能读懂我的心思。

这个男人是完美的:英俊如神,聪明,富有魅力,除此之外,对运动、烹饪和吉他充满激情。他思维敏捷,能讲五种语言。我一直被那些能让我钦佩的耀眼男士所吸引。这是唯一一次,我想采取主动。从我们最初相遇开始,我就用手势和毫不含糊的微笑,让他知道我喜欢他。他对我的信号也作出了积极的回应。

我们开始每周见面一到两次,以获得不同的文化、美食或运动体验。一切都进展得如此顺利和迅速,以至于我觉得终于找到了生命中的另一半。直到有一天,他不再回复我的深情信息,也不再接听我的电话。就好像突然从人间消失了一般。一周以后,他再次与我联系,为他最近"太过忙碌"而道歉。我无法抗拒他的魅力,同意与他再次见面,然后他再次陷入沉默。我的生日到了。他之前就知道日期。夜幕降临,我没有庆祝的欲望,我不停地想念他。

我再一次拨通了他的号码。他接了起来。我只听到噪声,却没有任何人说话。就好像他的手机放在口袋深处,而麦克风却被打开了。我听到了笑声、女人的声音、背景音乐。他正在一家夜总会狂欢。然而,他明明知道今天就是我的生日。当天晚上,我泪流满面地删除了他的所有联系方式。

我无法入睡,被悲伤压得喘不过气来。半夜,我终于给妈妈打了个电话,我们谈了很久。我告诉她我很想念她,告诉她我失恋的痛苦,这也是几年来第一次。我向她讲述了我和巴蒂斯特夭折的爱情故事,以及我不明白为什么他会突然对我变得如此心狠。我感到她心慌意乱。她泪流满面,恳求我回中国。我告诉她我会好好思考。后来我才知道,她一夜未眠,这让我感觉非常内疚。我知道,她除了震惊于我的痛苦之外,还担心我仍然形单影只并且没有孩子。回到中国并拥有一个幸福的家庭,比起在异国他乡孤军奋战,这不是更容易吗?

这段忧郁阶段的另一个导火线,是我感觉在法国职业发展的前景有限。几周前,我在公司参与了一个项目,其中包括分析客户们对我们的公司和竞争对手的看法。我与曾经为咨询顾问的年轻项目经理阿德里安一起工作。在这个项目上我们不遗余力,任务结束时,我主动向他提议,可以向负责大客户销售的内部团队介绍我们的项目结论。

"这是个好主意。"他评价道。

"我可以负责这次演示吗?"

这一次,他似乎不那么感兴趣了。

"我认为你还没有为此做好准备。"

他的回答让我措手不及。我根本没料到。

"为什么？我觉得准备好了。"

他看着我，找着词。

"我还没有看过你做演示。"

"很好，我正准备做一次演示，关于西方汽车制造商进入中国市场的经验教训。你过来看吗?"

"好的。"

阿德里安最终没有过来。真可惜：我的表现本来一定可以让他对我的能力放心。我问他为什么没来。他向我道歉，回答说自己有一个紧急档案需要处理。我重申了为项目结论做演示的建议。他再一次重复说我"还没有准备好"。但是为什么？他犹豫了一下，然后终于脱口而出："这是我的印象。你还得再等。"我又生气又失望，没有再坚持。

我不想就此止步。我必须理解他的反应。我与同一个团队的同事玛丽安讨论此事，她是公司的老员工。我终于从她那里得知了故事的真相：阿德里安觉得我"没有应有的水平"。"我觉得这不公平。但你知道，在法国，女人更难树立威望。我们总是倾向于给男人更多的责任!"她补充说。她说的完全没错。性别平等话题在法国引发了许多辩论，但在现实中，具体措施仍然不足。更不用说，我还面临着第二个困难：我是中国人。我不止一次地观察到：中国人得比他们的法国同事更加努力，才能证明自己的价值和能力。这种现象有两个主要原因：总体上，我们对法语和法国文化符号的掌握不如法国人；并且，法国人不容易信任外国人。如果我回到中国工作，我能够承担更大的责任，也会更快地晋升。在这里，我却面临着双重玻璃天花板：首先是作为女性，其次是作为在法国工作的中国人。

这两个插曲的前后到来对我产生的影响出乎我的预料。我开始越来越少出门。我已经没有精力做任何事情了。我以要处理临时的紧急事务或者文件为借口，拒绝他人的邀请；其实我宅在家中，被忧郁包围。我在这种状态下度过了漫长的几周，没有告诉任何人。但是一个人单独抵抗这种痛苦，只会让情况变得更糟糕。最终，我给伊涵打去了电话。如今，她和一个年轻的法国男生——她以前在学校的同学——住在一起。我终于清空了我的思想包袱。她整个晚上都在倾听。通话结束时，她建议我出去旅行换个风景。

几周后，我一个人出发前往布达佩斯度假。我四处漫步，有时会哭上一场。我思考着一切。我应该留在法国吗？还是回中国？这种内省式思考让我感觉好了起来。渐渐地，悲伤离我而去。一个阳光明媚的下午，在一艘沿着多瑙河河岸行驶的船只上，我凝视着匈牙利首都令人难忘的风景，我的思考终于到达了终点。

我作出了决定：不，我还没有结束与法国的故事。

29 诱惑游戏

　　我与巴蒂斯特的短暂恋情让我突然意识到,我在诱惑男性方面表现得有多糟糕。在中国文化中,试图吸引他人往往会被视作轻浮和不可信,尤其当实践方是女性时。在中国,感情教育开始的时间比在法国晚得多,尤其对于我们这一代人来说。当我在家乡上高中时,我们不知道调情为何物。谈恋爱或者展示爱上某人,几乎是被禁止的。父母和老师一直和我们重复:"专心学习,争取在高考中取得最好的成绩!"自 2005 年起,学生们只要达到最低法定年龄就可以结婚:男性二十二岁,女性二十岁。尽管如此,"诱惑"在中文中仍然是一个稍带贬义的词语。

　　时光流逝,我开始有了新的"仰慕者",他们的年龄随着阶段不同而神奇地产生变化。为了在这个领域中取得进步,除了观察和思考之外,我还尝试着从几本关于这个主题的书籍中汲取灵感。渐渐地,我发现了法式浪漫关系的精髓:诱惑游戏。在法国,这个中世纪出现典雅爱情的国家,诱惑精神从小就得以发展。一位中国朋友与她邻居家的五岁小男孩在走廊里擦肩而过时,他在她身后追赶她并向她表白:"我爱你!"幼儿园的小男孩也已经知道要赠送糖果给自己的"女朋友",用以取悦她或与自己的情敌一比高低。

在法国,诱惑首先从献殷勤开始,这是法国传统礼仪的一部分,例如扶住门、让女士先行、在餐桌上为女方倒酒、恭维和赞扬对方,在某些情况下甚至献上吻手礼。然后,游戏继续进行,需要给予对方模棱两可的印象,或者在发展关系的过程中撒播一种不确定性。困难在于,如何掌握合适的剂量,既不多也不少。此外,诱惑的能力也属于个人魅力的一部分,并且仍然是在法国社会成功的关键钥匙之一。这里的一切都是"诱惑的艺术",无论是在政治、商业或团队管理上,还是在公开演讲时;当然,也包括觊觎异性之时。从根本上来讲,诱惑是一场每个人都玩得很开心的游戏,就如同一个孩子用乐高积木搭建小房屋一般。这个过程花费的时间越长,它就越给人乐趣。在小说《危险关系》中,梅特伊侯爵夫人和瓦尔蒙子爵出色地展示了他们对这种游戏的热爱,不幸的是,这游戏对他们来说最终变成了一场毁灭性的竞争。

无论何时何地,无论处于何种情境,法国人时刻准备着开展诱惑游戏。我不止一次地经历过这种事情。比如,我所在街区一家小酒馆内有位年轻服务生。他不是我喜欢的类型,但我每一次去用餐时,他都对我大献殷勤。他多次坚持向我索要电话号码,但那无济于事。后来我不再踏入这家餐厅,因为我担心他会在上菜时"不小心"将盐瓶掉落在我的菜盘中。还有我家附近超市里的那个鱼贩,他笑容满面地试图挑逗我。某个星期六,他向我眨了眨眼,说:"鳕鱼今天打七折,附送我作为礼物!"我的回答脱口而出:"那样的话,我还是买扇贝吧,谢谢。"

西哈诺、孔子与我

我知道,有些法国人会不断地盘点他们"征服"过的异性的数量。二十九岁的年轻白领奥古斯丁就属于这种情况。他不是我所认识的最英俊的男人之一,但他确实幽默风趣。我不能忽略法国的这句谚语:"让一个女人发笑,她就已经一半在你的床上了。"根据他的计算,有八十个女人曾经上过他的床。"我以前数过,但我现在已经记不清每个人了。"他自豪地说。我和自己说,如果把这些女人全部放在一起,那么她们就可以填满整整一家餐馆了。真可怕!事实上,这类"花花公子"或者"唐璜"与洋葱非常相似:起初,你以为他们有一颗隐藏的心;但你剥得越多,他们就越会让你哭泣。直到剥到最后,我们才最终发现,他们根本没有心!

在法国人看来,在达到同居或结婚这一阶段之前,双方需要走过一条漫长的道路。即使是真正的浪漫关系,通常也会经历最初"轻松"的彼此发掘阶段;这个阶段不会让任何一方承担任何责任,并且各自还可以同时与他人约会。对许多中国人而言,玩这种暧昧游戏几乎无异于流氓行为。当两人开始约会时,他们就需要表现出自己从一开始就准备好建立一段正式关系。

因此,在中国的交友网站上,这种帖子并不罕见:

男性,28 岁,1.75 米,IT 工程师,在大型企业工作,有车有房。我认真地寻找一段稳定的感情,一位温柔、美丽、比我年龄小的女孩,希望她没有过多恋爱经验。计划一年内结婚。非诚勿扰。

相反,如果想吓跑一个法国男人,你只需要从一开始就向他表明,你对这件事情非常认真,或者很快就对他说"我爱你"。在第一次或第二次见面时，你可以简单地直视男人的眼睛，含情脉脉，带着兴奋和仰慕之情对他宣称："你不知道我有多喜欢你！我现在要好好地照顾你！"如此这般，对面的男人就会惊慌失措，他会对自己说："该死！她这么快就依恋上我了。她会不会太黏人吧？"现在，为了让他更加瑟瑟发抖，我们可以再加上，"你喜欢孩子吗？我喜爱他们！我以后要生三个！"这个时候，他会在内心深处大喊"救命！"并且不惜一切代价要设法摆脱那位擅自闯入自己生活的女人。这是让他从人间蒸发的最佳方法。

在这个据说无比浪漫的名叫法国的国家，令人头疼的"作女"在爱情冲突中会更容易胜出。因为她们是诱惑游戏的大师："你退我进，你进我退"，或者"我爱你……我也不爱你"[①]！她们从不顺从并且从不被征服，她们知道如何忽冷忽热，永远让男人觉得捉摸不定……出于某种原因，她们用这种方式更容易赢得法国男人的心，让他们终有一天在她们面前单膝跪地，手中举着华丽的戒指，眼含热泪。

正如比才《卡门》第一幕的著名咏叹调中所唱：

> 爱是波西米亚的孩子
>
> 它从来，从来无法无天
>
> 如果你不爱我，我偏爱你
>
> 如果我爱上你，你可要当心

是的，你可要当心！

---

① 这是法国乐坛教父赛日·甘斯布（Serge Gainsbourg）创作的一首知名歌曲的标题，法文为："Je t'aime … moi non plus"。

30 行动或真相

2011 年 9 月,我离开了战略部门,加入公司内部的"客户项目交付改革"团队,担任项目经理。这个团队大约有十多个成员,总监是个四十多岁的法国人。第一周,我收到了他用电子邮件发送给大家的电话会议邀请。会议主题是:"什么是改革?"这看起来像是一个哲学话题。他真的提议要花上一个小时,去讨论改革的定义吗? 这会有什么用处呢?

下午 2 点,我连接到会议。讨论开始。我的同事们给出了意见:

"改革是一种彻底的改变,将会对公司的业绩产生实实在在的影响。"

"不,我不太同意,改革不一定需要激进。"

"无论激进与否,在我看来最重要的是,对集团的效率和盈利能力产生真正的效果。"

"我发现'改革'这个词在我们公司内部被过度使用了。现在什么都变成'改革'!"

我一边听着他们讨论,一边看着电脑上时间流逝。哲学是一门有趣的学科,但它不是为商业世界而设计的。而且我今天必须

完成一个文件。我的思绪正徘徊于要完成的任务中时,突然听到老板叫我:

"春燕,你觉得呢?"

幸亏我提前做了一点功课。

"维基百科上有一个有趣的定义,说业务改革计划旨在对公司开展业务的方式进行根本性的改变,以在市场上产生决定性的竞争优势。"

我重复了所读的内容,但并没有真正理解它的全部涵义。

"这很有趣,"团队总监说,"你可以发链接吗?"

"当然!"

于是,我输入链接并通过电话会议的界面与众人分享。在会议结束时,我们仍在原地,未动分毫。

我此前就已经注意到了:法国人喜欢花时间交谈。他们会在几个月内讨论项目细节,试图达成一致,然后项目才能进入具体实施阶段。他们还能在会议期间突然偏离已决定好的主题,就好像故意为了让会议比预期持续时间更长,从中获取乐趣。他们是笛卡尔主义者、"辩论者":这是"我思故我在"的精神,这是"花神咖啡文化"!如果没有彻底分析过问题的起因和后果,他们就不会做出决定。他们使用的方法论主要是在学校里学到的:正题、反题、合题。他们更倾向于通过思考去发现所有事物的"真相",而并非采取行动。有时他们给人的印象是,他们想用自己的想法重塑世界,而完全不在乎之后将如何去实施。

在中国,行动比语言更为重要,正如这句谚语所说:"言多必失";又或者,"祸从口出"。子曰:"君子欲讷于言而敏于行。"话讲得太多,可能会使自己失去可信度,被认为缺乏谨慎或者行动效率。中国人喜欢具象的东西,此外,很多汉字是象形文字,在图像的基础上创造而成。他们通常相信自己的直觉,崇尚务实,正如"摸着石头过河"所描述的那般。

在一家跨国集团中与来自不同大洲的同事们一起工作,也会遇到一些更为有趣的经历。我的法国同事们有时会抱怨美国人的"虚伪",觉得后者把一切都看成了玫瑰色:"他们总是说伟大的!惊人的!极好的!但实际上我们看到了很多问题!"的确,一切都让他们高兴,一切都很了不起,一切都令人欢欣鼓舞。哪怕有时候会偏离靶心。例如,一位住在芝加哥的美国同事,很高兴看到她的法国老板经常祝贺她的表现。"因为他在发给我的每封电子邮件的末尾,总是打上一个 A + !①"她解释道。

对于法国人来说,即使有理由感到满意,他们也会首先关注问题所在,然后使用放大镜仔细查看,再发起一连串的指责。任何瑕疵——即使细微的——都逃不过他们! 这种高度发展的批判精神也反映在学校的评分系统中。在法国学校,考试满分是 20 分;获得 12 分已经算作分数良好,14 分属于优秀级别,16 分代表不同寻常,如果某位学生得到 18 分或更高分数,那就需要通知媒体了!

在任何情境下进行批评或抱怨,是法国人生活方式的一部分。这也是燃烧卡路里、保持苗条的一种方式,至少需要每天练习一次。幸运的是,从天气到老板,从政客、薪水、邻居、法国国家铁路公司,再到太多的游客和太重的税收等,法国人总是能找到一个好

---

① 法国人经常使用 A + 代表 A plus,是"回见"的一种比较口头化的表达方式。

的理由进行抱怨。矛盾的是，这种对批评的激情——自我批评除外——并没有让法国人变得更加快乐。根据相关调查，他们经常是悲观主义的欧洲冠军。

在中国传统文化中，我们一直鼓励以较为平衡的方式看待正反面，就像阴阳一般。一个人或一件事物不仅仅有缺点或优点。"兼听则明，偏信则暗。"中国成语如是说。另外还有一句话："金无足赤，人无完人"！这是一个值得法国人深究的哲学主题！

31 剩女俱乐部

2011 年 12 月，像往年一样，我又一次回家去探望我的父母。今年这次旅行的背后有着一个非常特殊的原因，全家人都希望一起庆祝：我的妹妹正在等待她的第一个孩子的降生。她大学毕业后去了一家公司工作，在那里认识了她未来的丈夫，如今他们夫妇二人居住在上海。听到这个消息，我为她欢天喜地，但我妈妈应该更加高兴：在村子里，一个女人的成就是以婚姻和家庭为准绳来衡量的。

一大早，我就到了上海浦东国际机场。之后我又去了长途汽车站。从那里到我的村庄，每次都需要两个多小时的长途汽车路程加上四十分钟的出租车行程。接近九圩港这个我从小生长的地方时，当地发生的变革深深吸引了我：超市如雨后春笋般涌现，新的道路和现代化的住宅楼已经建成。作为城镇化项目的一部分，当地农民可以获取一些补贴，并在自愿的基础上，以优惠的房价将旧房换成现代化住宅。变化如此之大，以至于我有时无法认出我们穿过的社区。出租车跨过长江大桥后，我又一次迷失了方向。"你不知道回家的路吗？"出租车司机很诧异。在好几次走错路线后，我们终于到达了目的地。

我的父母已经在老屋的入口处等着我了，房屋装修得比以前更好。相比起大楼内的住宅，他们更喜欢这里。"我看到一辆车开过来，我就知道是你！"母亲高兴地说。见到他们总是让我很感动。他们的健康状况一直很好，但两人都比去年多了一些白发。妹妹和妹夫已经在那儿了。妈妈已为全家人准备好了饭菜，和往常一样，数量足以维持一个军团。她总觉得我吃不饱饭。她眼中的光不会骗人：当我把筷子送到嘴边时，她是世界上最幸福的母亲。

　　第二天，因为时差，我在上午 11 点才醒来。午餐已经准备好上桌。爸爸在桌上放了几瓶啤酒。心情好的时候，他总是喝啤酒。

　　"你妹妹马上就要生小孩了，而你，你到哪一步了？"妈妈突然问我。

　　我之前就知道，这个问题随时都可能出现。她很想这么做，但在这之前一直忍着，担心会造成不必要的紧张气氛。因为，她非常清楚我在这个问题上的立场。我还没有时间回答，她继续说：

　　"时间过得真快，你已经三十多岁了！你得抓紧时间找老公！"

　　中国封建社会延续了两千多年，如今，依然可见遗留下来的某些社会印记。那时女性的地位比男性低得多。这在毛泽东时代发生了很大变化，他提出了这样的口号："妇女能顶半边天"。今天，越来越多的女性取得了经济独立。但是，对于一个女人来说，即便她在学业或事业上非常成功，如果她没有丈夫和孩子，在中国也常常被视为人生不完整。从中国的传统观点来看，抚养孩子还可以让你在衰老后失去自我照顾能力时，不至于孤军奋战。妈妈担心的是，在我生命的暮色中会没有人照顾我。

　　当一个人到达一定年龄却仍然单身时，他/她的亲戚朋友甚或

西哈诺、孔子与我

同事,都会动员起来,向其介绍可能的"伴侣"。在上海、北京或其他城市的一些公园里,甚至还存在"相亲"角落,那里最常见的是来张贴孩子信息的父母。在中国,年龄是男人选择未来妻子的最重要标准之一。我们甚至还发明了一个词,专门用来形容年满或超过二十七岁的单身女性:"剩女"。剩女的概念接近于法文中的"凯瑟琳内特"①,但剩女在中国被更为严苛地对待:她们被认为很难生出健康的婴儿,没有男人会想要她们。她们唯一的选择是拼命地找一个丈夫,或者把自己关在房间内,整日以泪洗面!

"妈妈,我还年轻,我现在感觉很好。"

"你最近没遇到什么人吗?"

"有遇到。我和一个法国人约会了几个月了。"

"哦,是吗? 他多大了? 他怎么样?"妈妈很兴奋,好像我下周就要结婚似的。

我有点不情愿,但还是讲述了实际情况。他名叫皮埃尔,是一名工程师,比我小三岁。去年八月,我在一次 Salsa 舞会上认识了他。我们如今已经约会了四个月,虽然我在最开始被他的魅力吸引,但我并没有真正爱上他。皮埃尔温柔而体贴,也有着优秀的舞技。他似乎很喜欢我,一有机会就拉着我的手。但在精神层面上,他无法启发我。我很快就感觉到了我们之间的这种差距,但我故意选择视而不见。我想这是我有生以来第一次,为了驱逐寂寞感而和一个男人约会。我不会和妈妈讨论这些内心深处的想法,但她必须知道,不能对这种关系抱有什么期待。

① 对应法文是 catherinette,指到了二十五岁或以上仍然单身的年轻女子,这个词主要在过去被使用。

"我不认为他是对的人，妈妈。我想我很快就要和他分手了。"

"为什么？这个男孩看起来很不错！对于女人来说，家庭比事业更重要。"

"两个都很重要。另外还有精神上的和谐。和皮埃尔谈话让我感到乏味。我需要一个人可以和我进行深入而富有激情的对话，可以启发我并提升我的高度。"

"你真是太挑剔了。用这样的要求，你永远都找不到你需要的人。"

妈妈摇了摇头，轻轻地叹了口气。从根本上来讲，她说的也许有点道理。但是我为什么要降低自己的标准呢？无论如何，这个话题已经重复出现好几年了。她假装在听我的论点，但没有一次能带来效果，她还是执着于时不时地问我同样的问题。他们这一代人没有这样的困扰。我父母三十多年前通过相亲认识，四年后结婚。尽管有过一些争吵，但他们夫妻俩仍然共同为人生掌舵，始终能够一起度过生活中的困难时刻。

妹妹插话了。她说，在村子里，妈妈有时会被邻居粗鲁地问话，问我是否结婚了。和她这一代的许多中国女性一样，我的母亲非常注重他人的目光。也因此，别人的观点能在相当程度上影响到她自己的判断。知道她被人以这种方式口头打击，我感到内疚。

"有一天，一个邻居问了我同样的问题，"父亲打破了沉默，"我回答说，'如果你对我女儿的生活这么感兴趣，那我给你她的电话号码，你可以自己问她。'从那以后，就没有人再来烦我了。"

"你就像老爸那样去怼他们。"我对妈妈说。

"如果我这样反应,我会感到尴尬。"

"是他们应该不好意思问你这种问题。你不要受到那些怀有恶意的人的影响。也许他们嫉妒我呢。"

"不,没有任何人嫉妒你。"

她停止了吃饭。她的目光变得更加悲伤。这让我觉得沮丧。

"以前,你还在上学的时候,大家都拿你做榜样。邻居们都对他们的孩子说,'一定要像春燕那样取得好成绩!'今天,你成了一个坏榜样。"

"这是什么意思,一个坏榜样?"

"我有时听到一些父母对自己的女儿说:'学上得越多,越难把自己嫁出去。看看春燕!'"

我目瞪口呆。我强忍住往上涌的泪水。妈妈会为我感到羞耻吗?真的吗?如同通常在这种情况下,我的自尊心最终会占据上风。这很愚蠢:妈妈只会转述一些闲话。如果我为自己辩解以避免她受到这些恶语的伤害,那么我绝对不能让这些话影响到我。

"我不在乎别人怎么想,你也不应该在意。我不反对结婚或者生小孩,但是我还没有遇到对的人,只是这样罢了。而且我不会为了让邻居开心而刻意去做什么。"

大家都不说话了。父亲拿起一瓶啤酒,又给我倒了些。

"我理解你,女儿。如果你不反对结婚这个想法,这对于我来说就足够了。"

我知道,他内心深处比表面看起来更为担忧。爸爸和我有一个共同点：我们不忍心伤害我们所爱的人。我的母亲也一样，但我知道她有时会受到他人恶意的影响。父亲改变了话题，午餐在更加祥和的家庭气氛中结束。

直到我在国内逗留结束，我们都没有再提及我的爱情生活。

32 自由、平等、不忠

初夏的一个周二晚上，我前往歌剧院区附近的一家时尚酒吧，参加一个关于云计算的会议。我很快就注意到了阿克塞尔——一位又帅气又才华横溢的四十岁企业老板。他精彩的演讲尤其令我印象深刻。在冷餐台前，我们交换了各自的电话号码，互生好感。两天后，他邀请我到八区一个华丽的屋顶酒吧喝一杯。在我们讨论时，风吹向屋内，带来了一丝凉意。我不需要表达什么，阿克塞尔就已经脱下他的夹克，把它搭在了我的肩膀上。殷勤，体贴，手上没有结婚戒指。我陶醉于他的魅力之中。

两杯酒之后，他向我承认了他的秘密：他已婚，是两个孩子的父亲。

"现在，我和我的妻子仍然住在同一个屋檐下，但不在同一个房间里。我们每天都在吵架。我确实打算离婚，但整个离婚程序在法国可能需要几年的时间。"他仔细地解释。

我做了个鬼脸，接受了他说的话，我不知道该怎么去想这个问题。

只是，我们下一次见面时，在一家越南餐馆内，这位企业家不再很确定他真的想离婚：这次他向我吐露，他对妻子仍然有感情。

然后,你必须为孩子着想,他说。我不明白。

"既然如此,你为什么要来找我?"

"因为我觉得你很迷人,"他强调道,"也许我们可以继续见面?"

"不,谢谢。生活并不简单,我们不要让它变得更加复杂。"

晚饭后,他坚持要开车送我回家,然后在我家楼下亲吻我。他的嘴唇柔软而温暖,但我很快将他推开。这个人不适合我。

几天后,我把这件轶事告诉了几个法国朋友们,想知道他们对这次不幸遭遇的看法。每个人都嘲笑我的幼稚:帅气的阿克塞尔正在寻找一位情妇,不多也不少。他们建议我去互联网上,挖掘那些与已婚男人有过亲密关系的女人的证词。"他们都是骗子",许多评论如此写道。显而易见:阿克塞尔在结婚时发誓对妻子忠诚,但他对我的勾引证明他无意信守对她的承诺。怎么能去相信这样一个男人呢?同一天晚上,他给我发来了短信:"我们很快就会再见?"我很快回复:"是的,等你离婚的那天。"我们后来再也没有联系过。

在巴黎,可以很容易看到婚外恋网站 Gleeden 的广告,但很难知道有多少已婚男人正在寻找婚外冒险刺激。他们应该人数众多,因为在阿克塞尔之后不久,我遇到了另外一个有这样想法的男人:格雷戈里。他是一家企业的财务总监,四十二岁,经常在脸书上展示妻儿的美照。有一次我们共进午餐时,他突然问我:"你想和我约会吗?"我对他的提议惊讶无比,回答道:"但是你很爱你的妻子,不是吗?""是的,但这并不妨碍我们一起约会啊。"为了让他完全放弃这个想法,我向他说明,"我有一个严重的心理障碍,就是无法和大腹便便的男人约会"。他有些不快，但至少，我传达了自己的想法。在我看来，不与已婚男人发生婚外情，不仅仅是道德问题，也是卫生问题。

诚然，法国是一个历史上随处可见情妇的国家，尤其中世纪以来。亨利四世、路易十四和路易十五以其情妇的数量和影响力而著称。拿破仑一世和拿破仑三世也积攒了众多婚外情。第五共和国的某些总统同样如此，例如弗朗索瓦·密特朗或弗朗索瓦·奥朗德，即使后者当时并没有结婚而只是处于恋爱关系中。"自由、平等、博爱"，这是法兰西共和国的座右铭。因此，不可避免地，要变得"非常博爱"，你必须去爱每个人；而当你爱上所有人——包括美丽的女人时，你最终会变得不忠诚。正如同一句中国俗语所概括的那样，"吃着碗里，瞧着锅里"。所以，在法国，一个不忠的男人会为拥有人生中的一切而心满意足：家庭的舒适和稳定，一位爱自己的妻子，以及一个让他摆脱常规的情妇。通常，他们还有一个固定的想法来维持这三角关系的稳定性："屈服于魅力而不坠入爱河"。

当然，不忠并不只发生在法国。不过，在中国，这会受到公众舆论的强烈批评。然而，这并不妨碍一些中国男人——尤其是有钱有势者——拥有一个甚至几个情妇，并将她们视为自己社会地位高的象征。如果说，在世界各地，已婚男人经常对情妇做出虚假承诺，那么，在中国，他们同时会向她们提供奢侈品，有时甚至是汽车或房产。因此，我们也更加理解，为什么在中国会有很多腐败分子。

在来法国之前，我以为法国男人每天都会向他们的伴侣提供玫瑰或惊喜。现在我知道了，他们中的许多人每年只在情人节这天执行这个任务，并且会分两次完成：一束花送给他们的正式伴侣，另一束花送给他们的秘密情人。我原本应该猜得到的：在我的国家里，当谈到法国浪漫主义时，我们有时会开玩笑说"浪漫浪漫，又'浪'又'慢'！"。甚至我在中国的法国朋友有时也会问我："在你看来，我们为什么是浪漫的？我们是如何浪漫的？"我回答他们："现在我住在巴黎，我已经知道了法式浪漫主义是个大笑话。"他们向我确认："你知道吗，我同意你的看法！"。

西哈诺活在过去。如今，法国人似乎并不太重视恋爱关系中的牺牲精神，尤其在一段故事的开头或结尾。当一个法国人认为自己不再爱对方时，他会迅速采取"我不在乎"的态度，第二天就能毫不犹豫地离开妻子或伴侣。这种态度被中国人认为是粗暴的，甚至是残酷的。尽管中国的年轻一代也在变化，这个国家的离婚率也在增加，但我们仍然对伴侣抱有传统的看法。我们经常向新婚夫妇送出这些祝愿："百年好合"或者"白头偕老"。在我们对感情的想象中，真诚、忠诚、深沉的依恋和利他主义是必不可少的。这种看似有点理想化的爱情观，在中国人喜爱的武侠小说中得到了完美的诠释。男女主人公都能为爱付出一切。他们可以一辈子等待自己的爱人，抵挡住一切诱惑。

哪个法国人能够情深至此？

33 当心扒手！

在中国，法国仍然被视为浪漫主义的代表国家；但近几年来，法国一直被广泛地与一个不那么美好的特征关联在一起：不安全感。尤其是，2015年1月发生了令我震惊无比的《查理周刊》恐怖袭击事件，中国媒体在此之后的许多报道都强化了这种印象。这些报道提及了针对在法华人或中国游客的无耻暴力行为，尤其在公共场所。许多中国人喜欢随身携带现金，于是被小偷们视为行走的钱箱。2016年，四十九岁的裁缝张朝林、两个孩子的父亲，在奥贝维利耶被三名流氓袭击致死。这个故事以血淋淋的悲惨方式，曝光了这些不安全现象。

最让中国游客感到震惊的是，个人物品可能会在街道上、众目睽睽之下被直接抢走。在我们的国家，这种风险几乎为零：如果小偷胆敢做出这样的事情，他们很快就会被警察抓住。警察的数量也比法国多得多，许多视频监控摄像头安装在人流最多的公共场所。法国人对这种装置的评论经常很负面，但它们在许多中国人眼里却是一种有效的安全手段。

伊涵曾经给我讲过她一个中国朋友的故事。这个女孩子的手机在巴黎的一条街上被直接抢走。她立即脱下高跟鞋，以闪电般的速度追赶小偷，最后追上了他。她像一头母狮子一样，抓住对方的衣服，向他怒吼，让他立刻把手机还给她。小偷很可能没有想到他的受害者竟然如此难以对付。他把手机还给了她，甚至在逃跑前还试图让她冷静下来："别生气，没事的，放轻松！"之后，我们的女主人公返回原路，取回她的鞋子，就好像什么事情都没发生过一样。这是我们今天的一条有益的教训：要成为一名真正的"女超人"，必须首先训练跑步……

所有我听过的此类故事，并不都有个"圆满大结局"。例如，巴黎美丽城的治安混乱，我的一个中国朋友住在附近。有一天，他的住所遭到入室偷盗：贵重物品消失不见，包括一台 iPad。我这位朋友通过在平板电脑上提前安装的应用程序，成功地将自己丢失的电子产品进行了定位，最后显示是在美丽城的一栋建筑物中。他甚至能知道是在哪一层。他带着这个信息去了警察局，但被告知，警察没有时间处理这种事情。除此之外，法国司法系统的程序相对缓慢，且经常会轻判此类罪行，所以我们可以理解，为什么法国首都内的小偷们可以大行其道。

这种长期的不安全问题涉及一般的巴黎居民——尤其华人社区，而我也无法幸免于难。比如，在巴黎的旅游景点，经常会出现一种"请愿"行为，我也曾经遇到过。一个来自东欧的穿着吉普赛裙的年轻女孩，递给我一张纸，上面写有有关人道主义事业的请愿书。当然，签名之后，还需要拿出一枚小硬币来支持这项事业。我把口袋角落里的几欧元捐了出去，但显然还不够。"十欧。"女孩在纸上写道。"我只有这么多，抱歉。"我有点尴尬地回答。当时的我

西哈诺、孔子与我

并不知道这其实是一个骗局，服务于有组织的黑手党网络。

我想到另一个不幸遭遇，后果更令人恼火。2014年4月，我前去参加贾斯汀·汀布莱克在法兰西体育场举行的音乐会。我将有线耳机连接到放在包里的手机上，再将耳机戴上，到达沙特雷-大堂站的大区快铁B线的站台。一列火车来了。里面像罐装沙丁鱼一样挤满了乘客。这一次，我将不得不抛开我的礼貌原则，努力在人群中开出一条通路。我推了又推，设法将自己挤入两个面无血色的乘客中间。一进门，我就看到一位老先生拼命地想往出口处走："让我出去！让我出去！"我很不厚道地笑了。当宣布关门的铃声响起时，他的生死搏斗结束了。车厢里少了一个人。

火车启动了。两站后，我突然识到耳机里不再发出任何声音。真奇怪。我沿着耳机线滑动手指：线的尽头不再有手机。我在包里翻找：手机不见了！我一遍又一遍地寻找，确信它一定暗藏在某个角落里。由于没有足够的空间进行搜寻，我只得等待到达目的地后再继续检查。一下站台，我就把包里所有的东西都拿出来放到一个座位上，这时我不得不面对事实：有人偷了我的手机！

我震惊不已。我非常在乎的一件物品可能就此永远消失了，我无法忍受这个想法。我的联系人，我的交流信息，尤其是我的照片……它们永远地消失了。小偷的手法熟练，因为我什么都没有感觉到。当我嘲讽地看着那位可怜的先生试图逃离拥挤的车厢时，小偷是不是正在作案？这是一个很好的教训：我们永远不应该冒着自己也可能成为受害者的风险，来取笑他人的不幸。

离演唱会开始还有一点时间，我于是去最近的警察局报案。一位三十多岁的警察礼貌地和我打招呼。我们试着从他的分机上拨打我的号码。电话响了好几声，然后变成语音留言箱。希望渺茫了。

"您觉得有机会找回手机吗？"

"别太指望。"他回答，摇摇头。

他提议写一份报告来记录我的报案，如果我的手机偶然被找回，那么就可以凭此找到我的踪迹。然后，他毫无预兆地扔给我一句话：

"我可以哪天打电话给您一起喝杯咖啡吗？"

"您说什么？"

我一定是理解错了。

"我可以哪天请您喝咖啡吗？"

这也太恐怖了！我以前就知道：无论在什么情况下，法国男人永远都不会迷失方向。我根本不想接受，但我也不能影响他继续调查。为了避免双方尴尬，我故意答非所问。

"如果您找到了我的手机，我会请您喝咖啡！"

他露出一个礼貌的微笑以掩盖他的失望。向他强加这样一个条件，还不如我更快地直接拒绝他。

我怀着沉重的心情，前往法兰西体育场。场内座无虚席，气氛热烈，充满着孩童般的天真和快乐。这位美国歌手及舞者的魅力不可抗拒，让我暂时忘记了刚刚的不幸遭遇。

在人的深奥本性上，中国伟大的儒家思想家意见并不一致。对于孟子来说，人与生俱来就有道德感，只是后来在接触社会时可能会被腐蚀。法国人让-雅克·卢梭也说过同样的话："人生而善良，但社会使其堕落。"在这一点上，这两位都与荀子的观点对立，因为对荀子而言，人性本恶，一切善的东西都是在"伪"的基础上建构起来的。无论不道德的根源是什么，中国文化认为，我们都有能力反思自己并随时走上更好的道路。在中国人眼中，一个违法的人是被腐败的道德支配的。

那个警察从来没有给我打回过电话。

34 晚餐

2014 年 11 月，我创立了自己的咨询公司，以帮助商业领袖们在中法或中欧之间，制定战略和发展业务。我对这个项目极其重视，因为它可以让我同时追求两个目标：在职业生涯中所负的责任级别和个人自主性方面再上一个新台阶；同时作出自己的贡献，通过促进相互理解来拉近两种文化的距离。

我在领英上更新个人资料后不久，就收到一条新邮件。对方是常驻伦敦的华人创业者涛，专门从事中欧商务。他做了自我介绍，并告诉我他很快就会来巴黎出差。之后他又补充说，他想认识一下我，和我讨论双方公司可能的合作机会。

几天后一个下午偏晚的时候，我们在蒙帕纳斯车站附近的一家咖啡馆内见面。涛比我大一岁，给人印象良好：他圆润的脸盘衬托出修长的全身轮廓。他从一开始就表现得热情友好。我们讨论商业、文化、创业，比较我们的履历和经验。涛在青少年时就跟随家人移居伦敦，在英国首都长大和求学。谈话非常生动有趣，以至于很快就到了晚餐时间。涛建议去一家餐厅继续交流。晚餐结束，该回家了。我们承诺保持联系。"哪天来伦敦看我！"我们互道再见时，他向我这样提议。我欣然接受。

自从我来到巴黎后,想和我约会的男人几乎都是法国人或欧洲人。这并不是因为我有这个偏好,我对于和同胞约会没有任何问题。不过,我不太符合许多中国男人的标准,他们更喜欢温柔、更年轻、依赖他们的女孩:她们个性不强,有时甚至会带点孩子气或者被宠坏,收入也比他们的要少。所有这些并不妨碍这些绅士们对她们关怀备至,替她们背包,经常为她们买单,随时准备在需要的时候安慰她们。一个中国笑话证实了这一点:"在情侣中,必须遵守两条定律:第一条:女人永远是对的。第二条:如果女人错了,请参照第一条!"

　　至于法国男人,他们更欣赏独立的、能对自己负责的女性:她们知道自己想要什么,设法独自解决问题,哪怕在悲伤或者生气时也不需要一直得到安慰。此外,法国男人更重视工作与生活的平衡,而中国男人通常更有职业抱负。

　　第二天早上,当我还在吃早餐的时候,涛在微信上给我发了第一条消息。他告诉我他要回伦敦,并和我列举他白天打算做什么。好吧。然后他给我发了一张英国首都的照片。之后又是一条新消息,他问我打算何时去拜访他。信息飞快地涌入。最初我礼貌回复,但我很快发现他太过烦扰。中午时分,在收到十多条信息之后,我试着礼貌地让他明白,他必须放慢速度。"请不要一直给我发信息,我要工作。谢谢!"那边终于沉默了。我的话起了作用。但并不太久。

　　晚上8点左右,涛的新一轮信息轰炸开始了。第一张照片显示,他在酒吧的露台上被朋友们包围。"我正在和一些朋友喝酒。"

他特地指出，好像我看不见。这一次，我必须制止他的行为。

"对不起，涛，但你没有必要不停地和我讲你的生活。我们才刚刚认识。"

他却继续发送信息，就好像没有听到一样。

"我认识他们很久了。他们非常友好。"

"我要去忙了，抱歉，我明天一大早要赶飞机。我得收拾行李箱。祝你有个美好的夜晚。"

"你有没有兄弟姐妹？你的父母住在哪里？"

他变得真的很黏人。这有点令人不安：为什么他会问我这些问题？我对他的兴趣，甚至 24 小时前他对我的吸引力，现在都以闪电般的速度消失了。

"抱歉，我真的没有时间聊天。祝你有个美好的夜晚。"

"我对你很真诚。我真的很想组建一个家庭。"

"祝你有个美好的夜晚！"

"但是，我不希望我将来孩子的母亲在四十岁以后生孩子。"

这个家伙简直疯了！他把我当作一块施肥的田地吗？虽然从紧迫性和笨拙程度来看，这是一个极端的例子，但涛的态度很好地展示了中国三十多岁的男女经常感受到的社会压力。三十岁前没有建立家庭，会让人打疑问号。四十岁前如果还没有完成这个任务，就变得完全可疑。有些男士——比如涛——不太能抵抗得住这种压力，最终会失去理智。就我而言，为了结婚而结婚是不可能的。我还没有准备好要为一段各取所需的利益性婚姻牺牲掉我那嫁给爱情的憧憬。晚上，我把手机调成了飞行模式。

西哈诺、孔子与我

＊

我没有对涛撒谎：我确实要赶一个航班。如同往年一般，我要回国去探望我的父母。到达上海浦东国际机场等候在行李传送带旁时，我打开了手机。涛没有消停，在昨晚以及我飞行期间继续给我发送信息。我已经没有勇气再回复他了。面对我的沉默，他最终会得出应有的结论。

我的妹妹和她的丈夫及孩子都住在上海。像往常一样，父母在房屋大门前的台阶上欢迎我。每次回家探亲都让我内心增添一丝伤感。我非常希望把他们带到巴黎，让他们和我住在一起。我曾经和他们分享了这个愿望。但我们对这个主题的讨论表明，他们还没有被说服，至少当下不是。他们还没有准备好在一个他们不掌握语言的未知国家里定居。

直到晚饭时间，我都设法避开了和他们讨论我的感情生活这个棘手的话题。我今年三十五岁。三年前，面对妈妈的顾虑，我告诉她，我希望在到达今天这个年龄前成家。这一次已经错过了。在法国，女性可以自由选择自己的生活方式，在婚姻方面所面临的社会压力也要小得多。一些很成熟的女性甚至可以与年轻男性约会，尽管法国人为她们发明了一个不那么友好的名称："美洲狮"①。在中国，我们有另外一种称呼："吃嫩草的老牛"。有时，一些比我年轻的男士觉得我很迷人并试图吸引我，即使我并没有特意去寻

————————
① 法文 Cougar，该词原意是"美洲狮"，特指试图引诱比自己小得多的男人的成熟女人，带贬义。

找"嫩草"。就我个人而言，我觉得这个选项为生活开辟了新的可能性。尤其，亚洲女性拥有成为"美洲狮"的先天资产：我们通常看起来比实际年龄要年轻许多。最后，正如麦当娜、蒂娜·特纳、詹妮弗·洛佩兹或王薇薇所证明的那样，一个魅力四射的"美洲狮"首先一定是位非凡的女性。

吃饭时，我的手机响了。不出所料，是涛。他想知道我的旅途是否顺利。我立即收起了手机，继续用餐。

"你不回答吗？"妈妈问我。

"不。他是我最近刚刚认识的一个中国人，每五分钟不到，他就觉得需要给我发个信息。"

妈妈把筷子放到她的碗上。这从来都不是一个好信号。

"好吧：当一个男人离你太远时，你会抱怨。当一个男人联系你太多时，你也会抱怨。你到底想要什么？"

"一个既不太远也不太黏人的男的。我也不是要月亮。"

爸爸轻轻地咳了一声，大家都听到了。他的脸上掠过一丝笑容。我知道：这是他非常个人的表达方式，不说一个字就能善意地取笑我。妈妈继续说，仍然很生气：

"你为什么不理会这个人？要我提醒你几岁了吗？"

"他不是在找一个爱人，而是一个可以 24 小时听他说话的耳朵。再说了，你们为什么总要把你们的标准强加给我？你们为什么不明白，如果我嫁给了一个不适合我的男人，我会一辈子不幸福？"

两个人默默地看着我。我的嘴唇在颤抖。怒气让位于悲伤。所有女人都梦想经历完美的爱情，但并非所有人都能够幸运地在她们希望的年龄里遇到灵魂伴侣。面对父母的疑问和至今未果的寻觅,我深感生活的不公:我曾经像一头狮子般,为了学业和事业的成功而奋斗。为什么我要再一次,为了遇见我生命中的另一半而奋斗?我难道还没有经历过足够的考验吗?小时候,我难道不是要面对疾病,一边学习功课一边在家中帮助母亲,靠着无数的努力才考入全市最好的高中,以及著名的北京大学?最后,我难道不是去了人生地不熟的异国他乡流浪,只为了在那里打造事业以不虞匮乏,并能够照顾我的父母一直到他们晚年吗?在独自克服了所有这些障碍之后,我难道没有资格拥有一个可以依靠的肩膀吗?

我的眼睛蒙上了一层雾气。我低下头,以免让父母难过。几分钟过去了,没有人想重新开始讨论。父亲打破了这变得沉重的沉默。

"我明白你的意思,"他低声说,"我不想让你感到来自我的任何压力。"

"我也不会给你压力,"妈妈笑着补充道,"用你想要的方式过你的生活。对我来说,唯一重要的就是你要快乐。"

泪水掉进了我的饭碗深处。我抬起头。我不再害怕他们会看到我在流泪。的确,我的父亲在这个话题上从来没有显得急迫。但是听到妈妈说要听从我的选择,我大为震撼。我等待这一刻,已经很久了。

"健康和好心情。这是生活中最重要的事情。"父亲补充道。

"所以,我可以根据自己的喜好选择男人?——年轻或年老,有或没有孩子?"

"你做你想做的。"妈妈说。

“然后，选择结婚还是不结婚？”

“你决定！”爸爸说。

“如果找不到生命中的另一半，那我可以收养一个孩子或者独自生一个？”

“如果这是你自己的选择。”他们齐声回答。

我肆无忌惮地任由泪水流淌。这一次，我们终于达成了一致：女人的幸福不取决于男人，而取决于自己。她不必等待真爱的到来而过上自己想要的生活，她可以自由地追随自己的道路，不必担心别人的评价。

“我是我命运的主人，我是我灵魂的船长”，威廉·欧内斯特·亨利在《不可征服》（Invictus）一诗中写道。这种自由和这种力量，构成了我建造一个幸福而充实的生活的基础。这也是巴黎教会我的：在这座拥有无边美丽和优雅，但有时疏远而难以驯服的城市里，你不能让自己误入歧途：你必须倾听自己的内心，用勇气、自信和坚毅去继续追求幸福。尽管存在着偏见，但我决定做一名自由的女性，因为这是我人生幸福的条件。

今日，我自由如风；明日，我亦将自由如风。

后记

这个场景，要追溯到我九岁或十岁的时候。在父亲的书橱中翻找时，我偶然发现了一本占卜书，它根据人们的出生日期和时辰来解读命运。它主要基于一部在中国非常知名的神秘著作：《易经》。当我翻到与我出生信息相对应的那一页时，我读到了这样的预测："少小离家。"我没有"选择"离开中国，那只是命中注定的。我一直都知道。

当我写完这本书时，我仍然住在法国，这里和世界其他地方一样，每个人都把新冠病毒话题挂在嘴边。这一突如其来的事件，对世界经济和秩序、人们的生活和心态以及中西关系，都产生了前所未有的影响。这场流行病就像一个显影仪，照亮了不同政治或社会制度的可改进之处。在"后疫情时代的世界"中，中国和西方将会更多还是会更少希望去了解对方？两个世界之间，将会有更多的合作与和解以共同摆脱这场危机，还是相反，将会出现更多的利益分歧和认知鸿沟？

无论如何，我有一天可能会回到中国生活，至少会待上几年，但现在，我在我的客居地法国还有很多事情要完成。我的目标列表还没有到退出舞台的时候。无论命运将我带往何方，我都会对在两个世界之间工作保持热忱，并且计划在不久的将来，将父母带到我身边生活，以照顾他们的晚年。

我的第一本法文书《决胜中国市场：100位企业高管揭秘中国之谜》，由法国Eyrolles出版社于2014年出版。这是中国人用法语书写的第一本此类主题的书籍。我花了四年的空闲时间才完成这个写作项目，这本书受到了众多企业家和职场人士的热烈欢迎。

2016年，我将这本书寄给了法国经济部长，那个埃马纽埃尔·马克龙。成功竞选为法国总统后，他与大他二十四岁的妻子的恋情，在中国社交网络上造成了"轰动"，令人又震惊又钦佩，尤其在这样一个充满"剩女"的国家中。我同时附上了一封介绍该作品的信函，希望它在部长与中国合作伙伴的交流中起到作用。一周后，我收到了一封由他亲笔签名的感谢信，信件以"亲爱的先生"开头。他甚至都没有看一眼封底，上面有一张我的照片，可以消除对我性别的任何怀疑。两周之后，巴黎东京官举办了一场有关数字化转型的活动，我在那里见到了他——这次是亲眼见到。

在他精彩的演讲结束后，他离开了舞台，走近观众，和几个人握了握手。我努力挤出一条路，一直走到他面前。和他打过招呼后，我想唤起他的记忆。

"我最近给您寄过我的书《决胜中国市场》，您记得吗？"

"是的，我记得。我甚至回复了您。"

"哦。但那是您的签名还是您助手的签名？"

"当然是我的签名！"

他真的如此与众不同，如此年轻，如此富有活力……而且帅气逼人！他可没有必要借助《易经》来预测他的精彩人生。

自从我成立自己的咨询公司以来，我协助过许多在中法之间从事商务活动的公司总裁或经理。我们两个世界彼此欣赏，但它们的文化差异可能会引起误解。令我开心的是，在我的能力范围内，我可以帮助双方建立沟通的桥梁，促进两国人民更好地互相理解。我还经常在主题会议中或者在法国电视上表达观点，并曾经在业余时间负责过一家法国经济和金融报纸的中国专栏。在未来几年，我将继续写作，推出新项目——尤其在电影和旅游领域——以加强我们两国之间的链接。

*

"不忘初心，方得始终！"当初，我来到法国时怀抱的这些梦想——成为一名成功的商界女精英和一名作家——鼓舞着我，激励着我，在我遇到困难时提升我的士气。在这条既短暂又漫长的名为"人生"的道路上，追随自己的激情，不断地学习和挖掘自己的潜力：这构成了一种真正的幸福，让我乐此不疲。

十几岁的时候，我非常崇拜三毛。这是位在中国台湾长大的作家，勇敢，卓越，热爱旅游，才华横溢。她与张乐平创作的漫画人物、小流浪者三毛同名。她写下的一首诗——《橄榄树》——从未离开过我，至今仍然陪伴着我。

不要问我从哪里来

我的故乡在远方

为什么流浪

流浪远方

流浪

为了天空飞翔的小鸟

为了山间轻流的小溪

为了宽阔的草原

流浪远方

流浪

还有还有

为了梦中的橄榄树

橄榄树

(……)

最好的正在来的路上。

西哈诺、孔子与我